放学后

〔日〕东野圭吾 著

赵峻 译

南海出版公司

新经典文化股份有限公司
www.readinglife.com
出　品

第一章

1

九月十日，星期二，放学后。

头顶上方咣当一声，我条件反射地抬起头，看见从三楼窗户飞出一个黑色物体，从我正上方坠落。我慌忙闪开，黑色物体砸在我刚才站的地方，啪地碎了。

是一个种着天竺葵的花盆。

这事发生在放学后，当时我正从教学楼旁边走过。不知从哪儿飘来钢琴声。有那么片刻，我呆呆盯着那个陶瓷花盆，不明白发生了什么，直到腋下渗出的汗流到胳膊上，才回过神来。

接下来的瞬间，我拔腿冲进教学楼，奋力跑上楼梯。

我气喘吁吁地站在三楼走廊。心跳急促不光是因为刚才的猛跑，内心的恐惧已到了顶点。如果刚才被花盆砸个正着会怎样？——天竺葵的红色突然浮现在眼前。

那扇窗会是哪间教室的呢？我在理科实验室前停住脚步，里面飘出一股药味，定睛一看，门开着一条约五厘米的缝。

我用力推开门，一阵清爽的微风吹了过来，正对着门的窗户敞开着，白色窗帘在飘动。

我又沿着走廊前行。不记得从花盆砸下到现在过了多长时间，总觉得扔花盆的人就藏在走廊两侧的教室里。

教学楼中间呈L形，走过转角时我停了下来。挂着“二年级C班”牌子的教室里传出说话声，我毫不犹豫地把门打开。

里面有五个学生，正聚在窗边写着什么。见有人突然闯入，她们吃了一惊，齐齐向我望来。

我不得不开口：“你们在干什么？”

最前面那个学生回答：“我们是文艺社的……在做诗集呢。”那语气很肯定，像是要接着来一句“别来打搅”。

“有人来过这儿吗？”

五个人互相看看，摇摇头。

“也没人经过走廊？”

她们又互相看了看。有人小声嘟囔“没有呀”，刚才那个说话的学生像是代表大家似的答道：“没注意。”

“哦……谢了。”

我环视教室一圈，关上了门。

钢琴声又传了过来，刚才好像就一直在响。我不太懂古典音乐，但听过那支曲子，觉得弹得还不错。

走廊尽头有间音乐教室，琴声就从那儿传来。我依次打开一间间教室的门，检查里面是否有人，最后剩下的就是那间音乐教室。

我粗鲁地打开门，发出噪音。就像平静的流水被搅乱、优美的建筑被捣毁一般，钢琴声戛然而止。

弹奏者怯怯地看着我。我有印象，她是二年级A班的学生，白皙的肌肤引人注目，此刻脸色却显得有些苍白。我不禁说了声“抱歉”。

“有人来过这里吗？”我一边问一边环顾四周。屋里摆着三排长椅，窗边是两架旧风琴，墙上挂着驰名音乐界的作曲家们的肖像。可以断定这儿无处藏身。

她一语未发，摇摇头。她弹的是三角钢琴，看起来相当古老。

“是吗……”

我绕到她身后，走到窗边，看见社团的学生正在校园内跑步。

音乐教室左边也有楼梯，凶手大概是从那里逃走的。他有足够的时间跑掉。问题是，究竟是谁？

我注意到弹钢琴的女孩在盯着我，表情有些不安。

我挤出笑容：“接着弹吧，我想听一会儿。”

她的表情柔和下来，瞥了一眼乐谱，灵活地动起手指。平静而热烈的旋律……对了，是肖邦的名曲，连我也知道。

一边眺望窗外一边聆听肖邦——真是意料之外的优雅时光，但我并不觉得愉快，心里依然郁结难消。

我走上讲台大约是在五年前。并非因为对教育感兴趣，也不是向往教师这个职业，简单说来，那是“顺理成章”的结果。

从老家的国立大学工学院信息工程系毕业后，我去了一家家电公司上班。选择这份工作的原因之一是公司总部在老家，不料却被派到了位于信州的研究所，还好工作内容是光纤通讯系统的开发设计，还算如愿。这份工作干了三年。

第四年出现了转机。公司在东北建了新工厂，光纤通讯系统的开发人员大多被调到那边，我自然也是其中之一。我犹豫了。印象中，东北实在太遥远，一想到老员工们半开玩笑半认真的话——“也许会一辈子待在深山里”，心里就凉了半截。

我开始考虑换工作，换家公司，或是当公务员，可哪条路都不容易。就在我几乎要放弃，想着是不是该死心去东北时，母亲建议我去当教师。我在大学期间已经取得数学教师资格，母亲说就这么浪费太过可惜。当然，从她的角度，她不想让儿子去东北那么偏僻的地方。事实上，就薪水而言，与我当时的收入相比，教师算是不错的职业。

然而，要通过教师聘用考试并不容易。提到这点，母亲说，私立高中也许还能想想办法。已经过世的父亲以前在私立学校协会有些熟人。

不是什么特别想干的工作，但也并不讨厌——这是我对教师这个职业的印象，也没什么特别想干的工作可以让我拒绝年迈母亲的热心建议，于是，我采纳了她的建议。当时心里只是抱着姑且试上两三年的草率念头。

第二年三月，我正式拿到聘书。

私立清华女子高级中学——这是我第二个工作单位的名字。

从S车站下车步行约五分钟即可抵达这所高中，四周被社区住宅和田地包围，环境奇特。每年级有三百六十名学生，每四十五人一班，分成八个班。学校建校已逾二十年，又保持着较高的升学率，在全县的女子高中里堪称顶尖学府。事实上，当我告诉朋友说要到清华女中任教时，每个人都祝贺我，说找了个好出路。

向公司递上辞呈，四月开始，我走上了讲台。第一天上课的情景还记忆犹新。那是个高一的班级。自己也是初来乍到，在自我介绍时就对学生说，我们都是新生。

上完第一堂课，我就差点对做教师失去信心。并非遭遇了什么挫败，也不是无法应付学生，而是我受不了她们的视线。

我不觉得自己引人注目，甚至已习惯于躲在别人背后。可是，若要做教师就不能如此，学生们对你的每一句话都会有反应，还关注着你的一举一动。上课时，我觉得自己被近百只眼睛监视着。

直到两年前，我才逐渐习惯她们的视线。这不是神经变迟钝的缘故，而是因为我发觉学生们对老师并没有多大兴趣。

我根本无法理解她们的想法。

总之，令人惊讶的事情接连发生。若以为她们是大人，却会意外地发现她们根本就是孩子；若以为她们是孩子，她们又会惹出不亚于大人的麻烦。我从未预测到她们的行动——这一点，不管是第一年还是第五年当老师都相差无多。

不仅是学生，教师也一样。在我这种转行过来的人看来，很多时候他们都像是不同的物种。有的为了管教学生，不知疲倦地做着无用功，有的小题大做地检查学生的服装仪容，我实在无法理解他们的想法。

在学校这种地方，不明白的地方太多了——这就是我五年来的感想。

不过，最近有一件事我很清楚——身边有人要杀我。

注意到这种杀机是在三天前的早晨，S 车站月台。我挤出满载的电车，随人群走在月台边缘，忽然被人从旁边撞了一下。事出突然，我失去平衡，朝外侧踉跄了一两步，好容易才站稳，没掉落到铁轨上，此时离月台边缘已不到十厘米。

好险！到底是谁？这么想着，一阵战栗掠过全身——正好有一辆快车驶过我差点跌落的铁轨。

我的心抽紧了。

我确信有人故意撞我——估算好时间，等着我一不小心……

到底是谁？很遗憾，根本不可能从拥挤的人群中找出凶手。

第二次感觉到杀机是在昨天。游泳社没有训练，我独自一人在池里。我喜欢游泳。

往返游了三趟五十米，我爬了上来。过一会儿还要去指导射箭社，不能太累。我在炎热的泳池边做过放松体操，便去冲凉。已经九月了，却连日酷热，冲个澡爽快极了。

冲完澡，关上喷头时，我发现了一个东西。它掉在我脚边约一米开外的地上，不，水已积到脚踝，所以应该说它泡在水里。是个拳头大小的白色小盒。我凑过去仔细看了看，随即拔腿冲出浴室。

那是家庭用一百伏特电线的插座部分，白色小盒是分接头，电线另一头接到了更衣室的插座。我进泳池前没这东西，一定是有人趁我游泳时放的。目的何在呢？答案很明白，是要让我触电而死。

可我怎么会平安无事呢？我来到总开关前查看，果然不出所料，安全开关跳闸了。这是因为电流在水中的流量过大，超出了安全开关的容量。如果安全开关容量更大一些……我后背一阵发凉。

接着就是第三次，刚才的天竺葵花盆。

至今，三次我都幸免于难，但幸运不见得会一直持续，终有一天，凶手会狠下毒手，我必须在此之前查清凶手的真面目。

嫌疑人是名叫“学校”的集团——里面聚集着不知底细的人。

2

九月十一日，星期三。

第一节是三年级C班的课，这是个升学班。进入第二学期后，就业班的学生开始心猿意马，而升学班的学生多多少少会认真听讲。

我推门进去，响起一阵拉椅子的哗啦声，几秒钟后，学生们全坐了下来。

“起立！”随着班长的口令，清一色穿着白衬衫的学生们站起行礼，随后坐下，教室里又是一阵响动。

我立刻翻开教科书。有的教师在正式讲课之前会说说题外话，但我根本学不会。连循规蹈矩讲课都觉得痛苦，怎么还能说出多余的话来？我想，能在数十人的注视下说话而不觉得痛苦，应该是一种才能。

“从五十二页开始。”我的声音干巴巴的。

学生们最近似乎也明白了我是怎样的教师，不再期待什么了。我还知道，因为除了和数学课有关的事之外我什么话都不说，学生们给我取了个绰号——“机器”，大概是“上课机器”的简称。

我左手教材，右手粉笔，开始上课。三角函数、微分、积分……不清楚她们当中有百分之几的人能听懂我的课，别看她们不时点头、勤快地做笔记，却并不意味着她们听明白了。每次考试总让我有上当的感觉。

课大约上到三分之一时，教室的后门突然打开了。所有学生都回头去看，我也停住拿粉笔的手，望向那里。

进来的是高原阳子。她迎着所有人的视线，慢慢走进来，眼睛始终看着她那张位于左侧最里边的桌子。她根本没往我这边看，脚步声在寂静中回响。

“接下来讲用代入法计算不定积分……”见高原阳子坐下，我接着讲课。我明白此时教室里气氛紧张。

阳子受了处分，被学校勒令停课三天，听说是抽烟时被发现了，详细情形我不知道。听三年级C班的班主任长谷说过，她今天起恢复上学。第一节课开始之前，长谷对我说：“刚才我点过名，高原没来，我想她大概又旷课了。要是你的课她迟到了，就狠狠训她一顿。”

“我最不会训学生了。”我实话实说。

“你可别这么说，你是她二年级时的班主任吧？”

“没错。”

“那还不好办？”

“真没办法。”

我模棱两可地回答，丝毫没打算照他说的去做。理由之一正如自己所说，我不会教训学生，更主要的原因是我实在不会应付高原阳子这样的学生。

没错，去年她是我任班主任的二年级 B 班的学生，但那时她并非像现在这样令人感到棘手，只是精神和身体都有些“早熟”。

那是今年三月，结业典礼结束之后的事。

我回到办公室，打算收拾一下回家，看到书包上放着一张纸条，上面写着“请到二年级 B 班教室”。纸条上没有写姓名，字迹很工整。我实在猜不出究竟是谁找我，有什么事，便穿过空无一人的走廊，来到教室，推开门。

等在那儿的是阳子。她靠讲台站着，脸朝着我。

“阳子，你找我？”

她面无表情地点点头。

“什么事？对数学成绩不满意？”我不太习惯地开着玩笑。

阳子置若罔闻：“我想请老师帮个忙。”她伸出右手，递过一个白色信封。

“什么？信？”

“不是。自己看。”

我瞥了一眼信封里面，好像是车票，拿出来一看，是三月二十五日九点发车的特快列车车票，去长野。

“我要去信州，想让老师陪我。”

“信州？还有谁？”

“没了，就我们俩。”她语调轻松得像是在聊家常，神情却严肃得让我吃惊。

“真令人惊讶！”我故意夸张地说，“为什么找我？”

“这个……我也不知道。”

“为什么去信州？”

“只是……想去那儿。你会陪我去吧？”她说得很肯定。

我摇摇头。

“为什么？”她好像很意外。

“学校有规定，不能和某个学生单独出行。”

“和某个女人呢？”

“啊？”我看着她，不知所措。

“就这样吧。三月二十五日我会在M车站等你。”

“不行，我不能去。”

“你得来，我等你。”阳子不等我再开口就匆匆向外走去，在教室门口回过头来说，“否则，我恨你一辈子。”她说完就沿走廊跑了出去。我手拿装着车票的信封，呆立在讲台。

三月二十五日到来之前，我非常困惑。当然，我丝毫没有和她一起旅行的念头，只是对该怎么办犹豫不决——是不管不顾、让她傻等，还是去车站说服她？考虑到阳子的个性，我不认为当天她会听从我的劝说，既然如此，我决定还是不去车站。我低估了这件事的严重性，以为她只要等上一个钟头，就会死心回家。

那天我终究无法平静，从早上开始不停地看时间。时针指向九点时，不知为何，我长长叹了一口气。这一天真是漫长。

当晚八点左右，电话铃响了。我拿起话筒：“喂，我是前岛。”

“……”

直觉告诉我，电话那头是阳子。

“是阳子吗？”

“……”

“你一直等到现在？”

她仍沉默不语。我脑中浮现出她的表情——有话想说，却咬住下唇忍着。

“没事的话我要挂了。”

她还是没回答，我放下电话，觉得心底像压了一块巨石。

春假结束，她们升上三年级之后，有一段时间我尽量不和她打照面，在走廊上见她走过来我会马上折回，上课时也尽量不把目光投向她。最近虽然没再那么神经质地躲她，可那件事之后，我确实不知该如何面对她。也正是从那段时期开始，阳子因着装和上课态度被校方视为问题学生，这也成了我的心结。

直到上完课，我也没对她的迟到说上一句。平时偶有学生迟到，我从不加批评，学生们好像也不觉得奇怪。

回到办公室对长谷提起此事，他皱紧眉头唠叨起来。

“这可不好办。恢复上课第一天就迟到，她这是无视学校，这种时候若不狠狠教训一通……好吧，中午休息时把她叫出来，我来训她。”长谷一边擦着鼻尖上的汗珠一边说。他只比我大两三岁，但看起来显得苍老，大概是早生华发、身材又胖的缘故。

这时，坐在旁边的村桥搭话了：“高原阳子来上学了？”

他总是话里有话，我讨厌这种人。

见我点头，他不屑地骂了句“不像话”，接着数落：“真不知她来学校干什么！她难道不明白这里不是她这种害虫该来的地方？只停课三天真是对她太客气了，得停上一星期，不，一个月。不过，即使这样也改变不了什么。”他一边说一边把金边眼镜往鼻梁上推。

我没觉得自己有多少正义感，但村桥挂在嘴上的“害虫”、“垃圾”之类的说法，总是让我不舒服。

“她二年级时也没怎么出格呀。”

“就是有这样的学生，在关键时期变坏，算是一种逃避吧。做父母的也有问题，没尽到监督的责任。她父亲是干什么的？”

“好像是K糕点公司的高管吧？”我看看长谷，他点头称是。

村桥皱皱眉，一副恍然大悟的表情：“这种情况不奇怪。父亲工作太忙，没时间关心女儿的教育，零用钱却给得太多，这种环境最容易堕落。”

“哦。”

村桥是训导主任。他不停高谈阔论，我和长谷只是偶尔附和。

阳子的父亲很忙，这好像是事实。在我记忆里，她说过她母亲于三年前去世，家务事完全由女佣负责，她几乎是在和女佣过着两个人的日子。记得她说这些时，脸上丝毫未显黯然。她内心也许痛苦，表情却是开朗的。

“那她母亲呢？”村桥问。

长谷作了回答。他连阳子母亲的死因都知道，好像是胃癌。

“没有母亲？那可真是糟糕，无可救药了。”

村桥摇了好几下头站起来。铃声响了，第二节课开始。我和长谷各自回桌前准备了一下，走出办公室。

去教室的路上，我和长谷在走廊上边走边聊。

“村桥老师还是那么严厉呀。”

“因为他在训导处嘛。”我附和着。

“那倒是……其实，高原抽烟那件事，好像是在洗手间偷偷干的，却被村桥老师发现了。”

“啊？村桥老师？”

此事我第一次听说。难怪他看阳子那么不顺眼。

“学校决定罚她停课三天时，只有他主张要停一星期，最后是校长拍板的。”

“哦。”

“高原的确是个问题学生，但她也挺可怜。一个学生告诉我，她今年三月底才开始变成现在的模样。”

“三月底？”

我心头一震。那正是她约我去信州旅行的时候。

“你也知道，自从那孩子的母亲死后，女佣就一直住在家里做家务，可今年三月那女佣走了，新来了一个年轻女佣。要单是这样还没什么，事实上好像是她父亲赶走了前任女佣，带了个年轻女子住在家里。我觉得，这才是让她产生叛逆心理的原因。”

“原来是这样……”

长谷走后，我想起阳子那张倔犟的脸。正因为单纯，绝望时的反抗才会更激烈。我不擅长指导学生，但知道好几个学生都是因为同样的情形而自暴自弃。

我忽然想起阳子约我去信州旅行时的情形。她会不会是因为家庭环境起了变化而困惑，才想要出门旅行呢？当然，她大概不会打算在旅途中和我商量、征求建议，只是想找个人聆听自己面临的问题。

可我没有回应，而且根本没去理睬。

我想起阳子她们升上三年级后第一次上课时的情景。我终究放心不下，朝她望去，视线正和抬起头来的她撞到一起。我至今忘不了她那时的眼神。

那眼神犹如针刺一般。

3

“怎么啦？没精打采的。”

经过三年级教室附近时，有人在背后叫我。用这种语气同我说话的学生不是惠子就是加奈江。我扭回头，果然不出所料，惠子走了过来。

“和老婆吵架啦？”

“你看起来心情不错嘛。”

惠子缩缩脖子：“才不是，糟透了。时田又在唠叨我这个了。”她揪住自己的头发。她的头发呈波浪状，看起来很成熟。当然，学校禁止烫发。

“我说我的头发天生这样，可时田就是不信。”

时田是她们的班主任，教历史。

“那当然，你一年级时可是清汤挂面头。”

“这些方面真古板，一点都不能通融。”

“你好像不化妆了？”

“那样确实太惹眼了。”

暑假期间，惠子曾带妆参加射箭社训练。她说晒黑的皮肤和橙色唇膏很相称。

惠子全名叫杉田惠子，在三年级 B 班，是射箭社社长。她已经完全结束了少女时期的蜕变，开始变得成熟。通常女孩子到了三年级都会有些大人模样，她看起来尤其明显。

这个惠子也是我不知如何对付的人之一，尤其从那次集训之后更是令我头疼，只好不闻不问。也不知她是怎么想的，对集训时发生的那件事只字不提，简直像什么都没发生过一样。也许对她来说，那种事算不了什么。

“今天训练你会来吧？”

惠子看着我，眼神中透出责怪。最近我没怎么去看射箭社的训练，因为觉得自己有危险，放学后都尽早回家。这种事又不能告诉她。

“抱歉，今天我也有点事。全拜托你啦。”

“这可真麻烦。最近，一年级那帮家伙的姿势很糟……那明天呢？”

“明天应该能去。”

“拜托啦。”说完，她转身离去。

望着她的背影，我开始怀疑集训时发生的事是不是在做梦。

清华女中有十二个运动社团。按照教育方针，校方鼓励学生参加社团活动，并给予大力支持。这么做果然卓有成效，以篮球社和排球社为首，各个社团都相当活跃，每年都有两三个在县运动会中取得佳绩。尽管社团活动在发展壮大，可直到两年前，学校一直禁止社团出去集训。理由很简单：不能随便让这个年纪的女孩外宿。这种传统很难打破，每年都有人要求出去集训，却总是无法实现。

于是，有人建议所有社团联合集训，即，如果分别集训不妥，就集合全部运动社团一起行动。这样，集训地点和住处可由校方决定，带队老师多了，能有组织地进行监督，而且人多了还能减少支出。当然，还是有人反对，但第一次联合集训总算在去年成行。作为射箭社顾问，我也去了。集训结果大为成功，学生们的反应也很好，学校决定继续举办。

今年暑假举行了第二次联合集训，地点和上次一样，在县运动休闲中心，训练为期一周。

每天的训练时间表是：六点三十分起床，七点吃早饭，八点至十二点训练，十二点吃午饭，下午一点三十分至四点三十分训练，六点三十分吃晚饭，十点三十分熄灯。训练相当辛苦，但各社团可以适当安排休息，自由活动时间也不少，学生们几乎没什么怨言。晚饭后到熄灯前的那段时间尤其令她们快乐，大概是体会到了平时在学校里领略不到的亲近感和集体感。

我大多时候用看书或看电视来消磨时间，每天晚上也会想想训练内容。

那是第三天晚上的事。

集训前半段结束了，为确定队员们的进展及后续训练计划，我在餐厅整理资料。熄灯后大约过了三十分钟，这时大概是十一点，可供一百多人同时进餐的餐厅里再无别人。

射箭是一项能用得分清楚说明成绩的运动，所以只要看当天的得分，每个人进步的幅度便一目了然。我把三天来每个队员的成绩做成图表，打算第二天给她们看。

我画了一会儿，忽觉旁边有人，抬头一看，惠子站在桌子对面。

“真用功啊。”她的语气一如既往得没大没小，但不知为什么，声音里没了平日的谐谑。

“都已经熄灯了，你睡不着？”

“嗯，有一点。”

惠子在我身旁坐下。她穿着吊带背心加短裤，那样子给人的刺激着实不小。

“哦，在整理资料呐。”她瞥了一眼笔记，“我的记录呢……啊，在这儿，不怎么样呀，好像是近来最糟的状态。”

“那是因为平衡不好。你对时机把握得很准，很快就会改掉毛病。”

“加奈江和弘子还是那样，虽然姿势漂亮……”

“她们与其说是在射箭，不如说是被弓操纵，简单说就是力气不够。”

“还是训练不足？”

“没错。”

我重新拿起铅笔，打算就此结束谈话。惠子却没有要离去的意思，在旁边双手托腮，看着笔记本。

“睡不着？”我又问了一遍，“如果睡眠不足，这大热天可撑不住呀。”

惠子没回答，说了句“喝罐果汁吧”，站起来去旁边的自动售货机买回两罐果汁。她毫不顾忌地跷起二郎腿坐下，双腿在运动短裤下裸露着。我挪开视线，伸手去掏裤袋里的钱包。

“算啦，不过是一罐果汁，我请客。”

“不行，你花的是父母的钱。”我从钱包里拿出两枚百元硬币，放在她面前。

她瞥了一眼，没伸手去拿，却问了个毫不相干的问题：“哎，你担心老婆吗？”

我拉开拉环正要喝，闻言差点呛住：“你说什么？”

“我可是认真的。怎么样？”

“这问题可不好回答。”

“不担心但是寂寞？”

“不寂寞，又不是新婚。”

“不寂寞但会心疼？”

“喂……”

“老实说呗，我说得没错吧？”

“你好像醉了，从哪儿弄的酒？没错，你身上的确有酒味。”我凑近惠子的脸，假装去闻。她却不笑，直盯着我的眼睛。那认真的眼神让我一阵麻痹，身体无法动弹。

两三分钟，或许只是两三秒钟，我们四目相对。说得文艺腔一些，时间仿佛在我和她之间停止了。

记不清是惠子先闭上眼，还是我先去抚她的肩，我俩很自然地把脸贴近，吻了起来。我平静得连自己都觉得奇怪，甚至还竖起耳朵听会不会有人突然进来。惠子像是也不紧张，她的唇很湿润。

“这种时候，我是不是得道歉？”离开她的唇，我的手仍在她肩上。吊带背心外裸着的肩在我掌下似乎要冒汗。

“为什么道歉？”她盯着我反问，“又没干什么坏事。”

“我不知道自己为什么这么做。”

“你是说并不是出于喜欢？”

“不……”我欲言又止。

“那是为什么？”

“觉得打破了心照不宣的戒律。”

“没那回事。”她语气坚决，依旧盯着我的眼睛，“以前我也没觉得自己受清规束缚。”

“厉害。”我把手从她肩上放下，一口气喝干果汁。不觉间，我口干舌燥。

这时，走廊传来脚步声，像是拖鞋的声音，听起来不止一个人。

我们立即分开，几乎同时，餐厅门被打开，进来两个男人。

“是前岛老师呀。”说话的高个子是田径社顾问竹井。另一个是村桥，他不是运动社团顾问，而是作为督导来参加集训。

“杉田同学也在，看来是商量训练了，你们可真努力呀。”竹井看着摊在我面前的图表和笔记本说。

“你们在巡夜？”

算是吧，两人相视笑笑，环视了一番餐厅，原路离开了。

惠子注视着那扇门，好一会儿才看向我，像往常一样笑着说：“气氛被破坏了。”

“回去睡觉吧？”

“嗯。”她点点头站起身，我也收拾起桌上的东西。

在餐厅前分手时，她在我耳边说：“下次哟。”

“啊？”我看着她的脸。

她清脆地说了声“老师，晚安”，朝着走廊另一边走去。

第二天训练时，我总觉得自己在躲着惠子的目光。我感到内疚，更觉得难为情，真是白活了这么大年纪。惠子对我的态度却和从前一般无异，连报告人数时的严肃语气也完全相同：“一年级的宫坂因身体不舒服请假，其余全部到齐。”

“身体不舒服？这可不好。感冒了？”

她意味深长地微微一笑：“女孩子要是说身体不舒服，你就该知道是怎么回事了。”她说话的腔调也和平常一样。

那天晚上的事，惠子至今从未提过。最近，我开始想，在意的也许只是我自己。这个比我小十来岁的女孩无意间说了句“下次哟”，我却难以释怀。

眼前浮现出惠子的脸，那张脸时而看起来很聪明，时而给人媚惑之感。我对自己说：冷静一些。

4

第四节课结束后的午休时间，我看着报纸吃完妻子准备的午餐，正喝着咖啡，办公室的门开了，进来一个学生。是高原阳子。她环视了一下屋子，随即朝长谷的座位走去，走到一半时和我四目相对，却毫无反应。

长谷一见她就开始皱眉训话。他的座位在我前面，隔着四张办公桌，能清楚看见他的表情，也能听到断断续续的对话。我装着看报纸朝他们那边望去，只看见阳子面无表情垂着眼帘的侧脸。

长谷说的不外乎：被停学后第一天上课就迟到不像话、没再抽烟了吧、马上就要毕业了要坚持到最后等等。他的语气听起来不像是训斥，反倒像是请求。阳子仍毫无反应，甚至连头都没有点一下，不知是否在听。

看着她的侧脸，我忽然觉得有些奇怪：她的头发剪短了。她以前的头发不算长但也不短，有一点点卷，现在一点卷发都没了，刘海也剪得很短。是不是想换个形象？

正注意着那边的情形，背后突然有人拍我肩膀。回头一看，教务主任松崎露着黄牙在笑。“有什么有趣的报道吗？”

我讨厌这种拖泥带水的说话方式，说正事前总要来个套近乎的题外话。

“世上还是老样子……您有事吗？”

见我直截了当，松崎把目光投向报纸，声音里透出不悦：“啊，校长叫你。”

我把报纸递给他，赶紧来到校长室，敲了敲门。听见“请进”，我推门进去，见栗原校长背对着门正在吸烟。他戒烟很多次了，都以失败告终。

他转过椅子面对我，开口就问：“射箭社情况怎样？今年应该有希望参加全国比赛吧？”他声音虽低却很有穿透力，不愧是练过橄榄球的运动健将。

“大概有五成把握……”

“怎么这么不自信？”他把手里的烟捻灭在烟灰缸里，随即又拿出一支，“你当顾问几年了？”

“五年。”

“唔，也该出成绩了。”

“我们在努力。”

“光努力还不行，必须想办法取得实际成绩。在日本，有射箭社的学校还不太多，要成为一流并不难——这话不是你说的吗？”

“这情况没变。”

“那就拜托啦。三年级的杉田惠子……是叫这名字吧？她怎么样？”

“很不错，可以说最有希望参加全国比赛。”

“好，那你就重点培养她，其他人差不多就行了。别一脸不情愿，我不想干涉你的做法，但想看到成果。”

“我会努力。”

我只能这么说。我对靠运动队提高学校知名度的做法没有太大反感，毕竟，既然“经营”是大前提，在宣传上下功夫也是理所当然的。只不过，校长说得这么露骨，我觉得自己有点跟不上他。

“叫你来还有别的事。”

见校长表情有了变化，我不禁一愣。他的神情忽然柔和起来，指着一旁的沙发说：“你坐下。”我稍稍迟疑后坐下，他也坐到对面：“不为别的，是贵和的事。你知道贵和吧？”

“知道。”

贵和是校长的儿子，我见过一次。他从一流国立大学毕业后进了本地某企业，发展得一帆风顺，给人的印象却没有朝气，看起来软弱、消极。当然，表面印象和实质不一定都一致。

校长接着说：“贵和已经二十八岁，该找个好对象了，可总碰不上合适的，即使我这个当父亲的看中了，他却一看照片就摇头。”

我在心里暗想，也不看看自己那副模样。

“这回他却看中了一个……你猜是谁？”

“不知道。”管她是谁呢。

“麻生恭子。”

“是吗？”

校长对我的反应好像很满意：“觉得吃惊？”

“是。她有多大……”

“二十六，我觉得还是沉稳些的媳妇好。给贵和看过她的照片，好像很满意，所以八月返校日时，我跟她提过这事，她回答要考虑一下。我把贵和的照片和履历也给她了。”

“这样啊。然后呢？”我又忍不住去催促下文。

“问题就在此之后。已经过了三个星期，她还是没有任何答复，试探着去问，她总推托说再等等。如果不喜欢就直说好了，她这样实在叫人难以捉摸，这才把你叫来了。”

听到一半时，我已明白了校长的意图，他希望我去弄清麻生恭子的想法。我一说出心中的猜测，校长便满意地点点头。

“你的判断力果然不错，就是这样。但光是这一点，未免拿你大材小用了，还想让你彻查她的异性关系。当然，都二十六岁了，大概总谈过一两次恋爱，我也没那么古板。问题是她现在的情况。”

“明白了。但如果她心下无意，就没必要去调查了吧？”

“你的意思是她不情愿？”校长的声音有些不悦。

“也有这种可能。”

“唔……要是那样，就弄清楚她对什么不满意。尽量问问她有什么要求。”

“明白了。”

我真想问问，如果她对贵和不满意，他又当如何？

“校长的事就这一件？”我的语气比刚才严肃了一点。

“对。你有什么事吗？”他的语调变慎重了，大概是看到了我的表情。

“有人要杀我。”

“什么？”

“有人对我下手。昨天我经过教学楼旁，花盆从头顶上砸落下来。”

“大概是碰巧吧？”他挤出笑脸，想敷衍了事。

“碰巧的事会发生三回？”

在站台险些遭人推落、在泳池差点被电死，这些我已经对他说过。

“然后呢？”

我忍住没说“什么然后”，平静地对他说：“我想报警。”

他把烟放在烟灰缸里，交叉着胳膊，像遇到什么难题般闭上眼，一脸阴沉。直觉告诉我，他不会给出令我满意的回答。果然，他说：“再等等吧。”

我没点头。

他依然闭着眼，嘴唇在动。“这是学生的一种不良行为。其他学校，特别是男校，也会发生流氓滋事等暴力事件，即便是那种情形，警方介入也不好，毕竟只是学生和教师之间的对话问题。”他睁开眼睛，眼神像是讨好，又像是安慰，“骚扰，只不过是骚扰，并没有要杀你的意思，如果就此惊动警察，以后会惹出笑话。”

"但从手段来看，我只能认为凶手想杀人。"

校长忽然脸色一沉，拍着桌子："你不相信学生？"

我吃了一惊。没想到他会说出这种话！若非这种时候，大概我会忍不住笑出声来，能想到这种借口真是太奇怪了。

"我说前岛，"他的声音又恢复了平静，像在恩威并施，"再等一次，就一次，看看情况，到时候看情形判断，我也没什么可说了，这样总行吧？"

如果下次要了我的命怎么办？但我没有这么说，并非因为理解，而是死了心。

"最后一次，对吧？"

听我这么说，校长得救一般松了口气，表情缓和下来，又开始喋喋不休地唠叨学校教育——教师的态度、学生的态度……我不想听那些空洞的理论，说了句"我还要去上课"，便站起身，拉开门走出去，背后传来校长的声音："我儿子的事……拜托了。"我懒得回答。

走出校长室，下午的上课铃声响了。我夹在一群快步赶往教室的学生中，回到办公室。

栗原既是校长，又是理事长，可谓真正的独裁者。打发走一两个教师，或者让教育理念来个一百八十度的转变，都要视他心情好坏而定。但学生们对他的评价还不算坏，惠子就说过："他对欲望的表现很直白，不装蒜，这点还像人样。"

其实，栗原校长与我父亲曾为军中袍泽，战后的混乱中两人好像干过不少坏事，之后分道扬镳，父亲当了企业家，栗原开始办学。他成功了，父亲却留下年迈的母亲和一点债务离开人世。

如今，长我三岁的哥哥在老家和嫂子一起经营钟表店，照顾母亲。

当时，劝我当教师的母亲大概和栗原校长打过招呼，因此我马上被清华女中录用。正因为有这样一层关系，校长对我很直率，工作之外我也理所当然地尽心帮他的忙，刚才交给我的任务就是一例。

一进办公室，就听到年轻女孩的尖嗓音。循声望去，村桥正和一个学生相视而立。

“你先回教室，有话放学后再说。”村桥指着门口，声音有点激动。

“在这之前请明白地告诉我，您说认为自己没错，对吧？”

村桥比我稍矮，不到一米七。那学生的身高和他不相上下，肩膀也宽，从背后看就知道是北条雅美。

“我没觉得自己做错了什么。”村桥直盯着雅美。雅美一定也在用她那双倔犟的眼睛瞪着他。

过了一会儿，她说：“明白了，我放学后再来。”她向村桥鞠了一躬，迈开大步走出办公室。连同我在内的其他老师都看得目瞪口呆。

“怎么回事？”我问正在准备上第五节课的长谷。

他瞥了村桥一眼，低声说：“村桥老师上课时训斥学生，好像用了‘小子们’一词。北条来向他抗议，说这称呼有侮辱的意味。”

“这……”

“无聊吧？北条也知道不过是区区小事，大概一半是在捣乱。”

“哦。”我听明白了，回到座位。

北条雅美是三年级 A 班班长，入学以来成绩一直保持第一，说她是清华女中建校以来第一才女也不为过。她的目标是东京大学，如果能如愿，那可真是学校有史以来的壮举。她还是剑道社的主力、县里屈指可数的女剑客，文武兼修，简直让人感叹她何不生为男儿身。

今年三月开始，她开始了一项奇特的活动。说“奇特”也许会遭到攻击，用她的话来说就是“站出来破除拘泥于旧传统、漠视学生人性、毫无原则的教育”。她倒也并未号召罢课或无视服装和发型规定，知道那是毫无意义的行为。她首先发动一、二年级学生成立“服装规定缓和化讨论会”，通过学生会向校方传达意见。之所以鼓动一、二年级学生，大概是顾虑到三年级学生各忙各的，又即将毕业，不会花精力参加活动。目前开始活动的只有“服装会”，好像接着又要成立“头发会”之类的组织。

把矛头指向北条雅美、视她为“癌症病源”的是训导处，训导主任村桥尤其严厉。有好几次，村桥在三年级A班上课归来，雅美还追过来强烈抗议他上课时的用词和态度。校方因此视她为情节较严重的问题学生，但根本无法阻止她的行为。她采取的方法正当，照章行事，而且抗议的内容也基本属实，再加上她成绩拔尖，有教师不以为然地说：就忍一忍，等她毕业吧。

“受点宠，就自以为了不起了。”村桥坐下，自言自语道，语气里带着不耐。新学期开始后，北条雅美日益活跃。

第五节课铃响，办公室里一阵离席的声音。见麻生恭子起身，我也站了起来，迈出办公室，走了十来步追上她。她一边拢拢长发，一边用冷漠的眼神瞥我一眼，像是在问“有何贵干”。

“刚才我被校长叫去了。”

她有了反应，稍稍放慢脚步。

“他让我问问你的想法。”

听校长谈及此事时，我就已经打算这么直截了当。我不会拐弯抹角。

她在楼梯前驻足，我也停住。

“我必须跟前岛老师你说吗？”她的语气很沉稳。

我轻轻摇头：“把意思传达给校长就行，你直接告诉他也无所谓。”

“好，我会告知。”她开始上楼，眼睛始终没有看我。

我心里涌上一股恶意，抬头看了看她说：“他还要我调查你的经历，你该明白是什么经历吧？”

她停下脚步，我开始下楼。头顶上方有一阵焦躁的沉默。

5

这天的第六节是一年级A班的课。我教的几乎都是三年级，只有这一个一年级班。班上学生似乎到了新学期才好不容易习惯了高中生活，稳定下来。若面对一帮唧唧喳喳的初中生，我的神经会受不了。

“下面的练习题请同学到黑板上解答。”我一说，学生们都缩起脖子。几乎所有学生都怵数学。

“第一题山本，第二题宫坂，你俩来做。”我看着点名册点了两人。山本由香蔫蔫地站了起来，其他人都松了一口气。真可怜，想想自己念高中时也是这个样子。

宫坂惠美面无表情地走向黑板。这学生很优秀，果然如我所料，她左手拿课本右手拿粉笔，流畅地写出解答。写的是眼下女孩子们喜欢的圆体字，答案也正确。

我看了看她的左手，还戴着白色护腕。她是射箭社成员，听说在今年夏天集训时扭伤了左手手腕。说“听说”，是因为刚受伤时她怕我责备，就谎称来了例假，停练了几天。由此看来，她还是有点胆小。

“左手不要紧吧？”她答完题正要回座，我轻声问了一句。

她的声音细如蚊蚋：“嗯。”

我刚要讲解黑板上的习题，外面传来一阵发动机的轰鸣。教学楼外是一圈围墙，经常能听到旁边马路上的车声，但此刻听到的声音却不同，而且不是呼啸而过，而是一直响个不停。从窗口往外看，只见三辆摩托车在马路上来回飞驰，三个身穿鲜艳衬衫、戴头盔的年轻人正在肆无忌惮地制造噪音。以前没见过这几个家伙。

“是暴走族吗？”

“他们是想引我们注意。”

“真讨厌。”

坐在窗边的学生开始议论纷纷。这间教室在二楼，马路上的情形看得一清二楚。其他学生也探身去看，上课气氛被破坏无遗。

“看哪，有个傻瓜在招手。”

她们又在往外看，我刚想提醒，一个学生说：“呀，老师终于过去了。”

我也不禁去看个究竟，只见两个男人正朝骑摩托车的三人走去，从背影看就知道是村桥和小田，两人手上都拎着水桶。两人先是说了些什么，但对方丝毫没有离去之意。他俩随即拎起手上的水桶朝摩托车泼去，其中一辆被浇了个正着。教体育的小田还要上前去抓车上的家伙，他们见势不妙，便悻悻而去。

“真行啊。”

“到底是训导处呀。”

教室里一片欢呼，更没法上课了。讲解完黑板上的内容，第六节课也快结束了。

回到办公室，果然有好几个教师围着村桥，似乎把他当成了英雄。

“这退敌法真高啊。”因为他就坐在旁边，我便不冷不热地搭了个腔。

村桥很高兴：“这是其他学校常用的办法，还好收到了效果。”

“以后别再来就好了。”一个姓堀的中年女教师说。

村桥也严肃起来：“不知究竟是些什么人，一定是哪儿的混混。”

“没准是我们学生的朋友呢。”我这么一说，旁边的两三个人笑道“不会吧”。村桥却一脸认真地说“这也不是不可能”。他用一贯的冷漠语气接道：“若真是那样，这种学生得马上勒令退学。”

今天，我也是放学后便立刻回家，不管怎样，昨天的花盆事件还在我脑中挥之不去。虽然校外不见得安全，总比在校园里磨蹭要好。这样，已有三天没去射箭社，看来明天非去不可了。

见我在收拾东西，麻生恭子走了过来，我故意未加理睬。对她来说，这次算是攀高枝的大好机会，大概会很在意我刚才的话。

我夹在放学的学生中走出校门，刹那间觉得，一天终于结束了。今天觉得特别疲倦，大概是因为发生了很多事情。

从正门到S车站大约要步行五分钟，身穿白衬衫蓝裙子的学生三三两两地走着。我随人潮走到一半，想起要去运动器材店，就朝岔路走去。经过居民区，沿着车来车往的国道走一段，就到了那家店。县里卖射箭器材的店不多，这是其中之一。

“清华女中的队员有进步吗？”店主一见我就问。我刚来学校时就认识了他，他大概长我三四岁，听说以前打过曲棍球，个头不高，但身材匀称。

“总不如意，大概是教练太差。”我苦笑道。

“杉田怎样？听说她进步很快。”说的和校长一样。看来惠子名声在外。

“还可以，不知能走到哪一步……如果再有一年就好了。”

“对啊，她已经三年级，这么说是最后的机会啦？”

“没错。”

聊着天购齐弓箭备用品，我走出店门。看看表，大约过了二十分钟。

九月暑热未消，我松了松领带往回走。卡车卷起的沙尘粘在黏糊糊的身上，很不舒服。快到路口时，我停了下来。我看见路旁停着一辆摩托车，确切地说是看见了那个跨在摩托车上、有点眼熟的年轻人。黄衬衫、红色头盔，没错，是下午那三人中的一个。站在他身旁正在说话的居然是清华女中的学生。看看那学生的脸，那新剪的短发在我脑中仍存有印象。

是高原阳子。

他们发觉了我的视线。阳子有点吃惊，但马上漠然转过身去。

我不喜欢在校外教训或命令学生，但这种情况下不能佯作不见，就慢慢走过去。阳子依然背对着我，摩托车上的年轻人好像在头盔里瞪着我。

“是你朋友？”我在阳子背后说。

她毫无反应。年轻人反倒问她：“这家伙是谁？”声音还像个孩子，大概也就是高中生的年纪。

阳子仍背着身，冷冷说了句：“我们学校老师。”

头盔里顿时脸色一变：“什么？老师？那就是白天那两个家伙的同伙了。”

“白天那两个家伙”大概是指村桥他们。看来他怀恨在心了，说起话来咬牙切齿。

“别说得那么粗俗，人家还以为我也是你们的同类呢。”阳子懒洋洋地教训道。

他顿时没了气焰：“可是……”后半句在头盔里咽了回去。

“你可以走了。我听明白了。”

“你会考虑的，对吧？”

“我想想。”

外人听不明白的对话结束了，年轻人发动引擎，一声巨响后，他看看我，大叫一声“你让那两个家伙小心点”，在噪音和废气中扬长而去。

我又问了阳子一次：“是你朋友？”

她盯着那人远去的背影回答：“摩托车友。他有点没脑子。”

“摩托车？你也骑摩托？”我吃惊地问。

校规自然禁止此事，可她若无其事地说：“骑啊。今年夏天拿了驾照，让我那傻瓜老爸给买了车，四处跑呢。”她语气很随便，嘴角挂着一丝笑意。

“你不是讨厌说话粗俗吗？”

她的嘴角又绷紧了，冷冷地说：“你可以去告诉村桥他们。”

“我不会去说，但你若被发现，会被开除的。”

“那也不错呀。经常在这一带跑，迟早会被发现。”

我对她这种无所谓的态度感到很困惑，只好说：“你就忍到毕业吧，也没多少日子了。毕业以后你想怎么骑就怎么骑。对了，到时候带我兜风吧，一定很爽！”

她的表情丝毫没变，还狠狠瞪我一眼：“这种台词不适合你。”

“你……”

“行了，别管我。”说完，她快步走开，走出几米后又停下来回头说，“其实，你根本不管我死活。”

那一瞬间，我的心直往下沉，重得无法迈开脚步。我呆呆地望着阳子跑开的背影。

“你根本不管我死活。”

这句话在我脑中反复回响。

不觉间，夕阳已西下。

第二章

1

九月十二日，星期四。第六节课，三年级 B 班教室。

微积分是高中数学的最后难关，如果掌握不好，参加大学入学考试时就无法在数学这门课上占优势。也不知是不是我的教学方法有问题，过去的微积分考试，全班平均成绩从未超过五十分。

我在黑板上列出难解的公式，时而回头看看学生，她们的表情仍那么虚无。一、二年级的学生脸上多少会有“为什么非要学这种东西”或“数学这种东西根本没什么用”之类反抗的神色，到了三年级，她们好像已经不再有那种无意义的疑问，代之以一副“好吧好吧你说你的好了”的表情。她们这算是想明白了吗？

看着她们的脸，我的视线移向坐在左边第四排的惠子。她正双手托腮看着窗外的景色，不知是在看正在上体育课的班级还是远处的房子，反正很少见她这种样子，平常我上课时她总是很认真地听讲。

正总结着今天讲的内容，下课铃声响了，学生们顿时精神一振，表情生动起来。我上课一向不拖堂，就合上教科书说：“今天就到这里。”

“起立，敬礼！”班长的声音也充满活力。

出了教室刚走几步，惠子追了上来：“老师，今天会来吧？”和昨天不同，她的语气中有点质问的意思。

“是这么打算的。”

“打算……还不确定？”

“不……一定去。”

“说定了。”说完，她快步走回教室。隔着玻璃窗，我看见她走过去和朝仓加奈江说着什么。加奈江是射箭社的副社长，大概是在商量训练事宜。

回到办公室，旁边的村桥正抓着年轻老师藤本喋喋不休。我有一搭没一搭地听着，好像是因为刚考完的临时测试成绩太糟，他在发牢骚。

村桥经常发牢骚，我们只好当他的听众。牢骚的内容各种各样：学生干的坏事、校长不明事理、工资太少等等，没完没了，总之共同点是：他后悔当了女中老师。

村桥毕业于本地国立大学理学院的研究生院，教的科目和我一样是数学，他比我大两岁，因为一毕业就当了老师，资历比我深。这些年他多次想回大学去。听说他原来的目标是当数学教授，没能如愿，只当了高中老师，也许还舍不得扔掉理想。但一再受挫之后，现在他好像已经放弃了回大学的梦想。

记得有一次，大概是在数学老师聚餐时，他跟我说过。“我呀，根本就没想让学生听明白！”他有些醉了，在我耳边酒气熏天地抱怨，“那个……我刚当教师那会儿，也是很有干劲的，总想着努力让所有学生都能明白难懂的数学，但是，不可能！不管我多么仔细地解释，她们连十分之一都理解不了，不，应该说她们根本不想理解，从一开始就没在听课。我以为那只是学生的学习劲头问题，只要拿出劲头来……可是，我完全错了。”

“不是学习劲头的问题？”

“不是不是，根本不是。说到底，她们的智力只有那种程度，根本没有能够理解高中数学的记忆容量，即使想理解也做不到。在她们看来，听我讲课和听外籍教师的课没什么两样，所以连努力的意识也渐渐没了。想想也真可怜，她们要听天书似的呆坐上五十分钟。”

“其中也有成绩不错的学生吧？我知道的就有两三个。”

“是有那样的学生，但三分之二都是垃圾。她们没有能理解数学的头脑。我认为从高二开始，所有科目都该采取选修制，再怎么说，让鸡飞上天是不可能的。如果学生有选择上数学课的实力和干劲，我们就全力去培养，这样不好吗？难道你不觉得，正儿八经地对着那些白痴讲解高尚的数学，是在自贬数学的价值？”

“这个……”

我苦笑着端起酒杯。我没觉得数学高尚，也没像村桥那样去思考教育制度，只是单纯地把上课当成挣钱的手段。

村桥扶了扶金边眼镜接着说：“大概当女中老师本身就是失败的开始。不管你怎么标榜现在是职业女性的时代，大多数女人还是一结婚就会走进家庭。在这所学校里，有几个学生希望将来进入一流企业，干得比男人还出色，去出人头地？几乎所有学生都只想升入随便玩玩就能毕业的短期大学或女子大学，毕业后随便上几天班，一旦找到合适对象就马上结婚。对这样的学生来说，高中也只是她们的游乐场。拼命教这样的学生做学问……我究竟为什么要念到研究生毕业……越想越觉得人生无趣。”

他越说越激动，说完后又借酒消愁似的一饮而尽。他平时常常发牢骚，却没见过他这么不理智。

“一说要临时考试她们就发牢骚，在期中、期末考试前又不复习准备。唉，以后我也不再犯傻生气了。”

村桥一边摸着整齐的三七分头发，一边滔滔不绝地对藤本发牢骚。趁还没被他抓住，我赶紧拿着运动服走出办公室。

我总在体育馆后面的教师专用更衣室换衣服。那是一间约十叠大小的砖砌小屋，室内有一道砖墙把屋子隔成两半，供男女分用。更衣室是储藏间改建的，构造奇怪，女更衣室那一半的出口在小屋后面，那里原本大概是个窗户。

虽是教师专用，体育教师有专用更衣室，因此在这儿换衣服的只有运动社团的顾问，而参加社团训练的顾问没有几个，来这儿换衣服的男女教师加在一起也屈指可数，有时候只有我一个。

正换着衣服，藤本进来了，叹着气笑了笑。他是网球社的顾问。今天用男更衣室的应该只有我们俩。

“村桥老师话真多，没办法。”

“他这是用发牢骚来解压呢。”

“这可不健康，不如运动一下来发散。”

"他是知识分子嘛。"

"这不算歇斯底里？"他开着玩笑。

我笑着出了更衣室。

去射箭场要沿着教学楼底下绕过操场，平时我都穿过教学楼后面走过去，因为前两天的花盆事件，今天没从那儿走。

清华女中成立射箭社至今正好十年，最初是弓道社顾问将其作为一种训练开始的。西洋箭不像传统弓箭那么古板，带有游戏色彩，很受女生欢迎，所以两三年后就成立了社团。色彩鲜艳的制服、看似优雅的动作，又不像网球或篮球那些运动那么剧烈，射箭社每年都有许多新队员参加，目前已成为人数居全校前五名的大社团。

我在赴任时就被指定为射箭社顾问，因为我大学四年一直在学校射箭社训练。我自己也正想再次拿起弓箭，可说正中下怀。

我当了顾问之后，队伍初具规模，队员们也能参加正式比赛了。现在还没什么战绩，但是有惠子和加奈江这样的人才，相信不久就会崭露头角。

来到射箭场，队员们已完成准备运动，正围成圆圈。社长惠子在说着什么，大概是今天的计划。圆圈解散后，她们像往常一样，马上站在五十米线上开始练习。

"你总算来了。"惠子走了过来，"溜了几天，今天要好好指导呀。"

"我可不是溜号。"

"真的？"

"真的。大家练得怎样？"

“唔……不怎么样。”她夸张地皱皱眉，“照这个样子，今年也没什么希望呀。”

她指的是一个月后举行的全县个人选拔赛，成绩优秀的选手将作为县代表参加全国大赛。我们学校实力还不够，自从射箭社成立以来还没出过成绩，差距太大，要参加全国大赛，道路似乎还很长。

“你自己呢？这次是最后机会了。”我想起昨天和校长的对话，还有和运动器材店老板的闲聊。

“我也想努力呀。”还是那种老成的口气。她说完便回到五十米线上。选拔赛之前像是只做半场练习。

射箭种类分为全场和半场。所谓全场，男子为九十米、七十米、五十米和三十米，女子为七十米、六十米、五十米和三十米，每种距离各射三十六箭，共一百四十四箭，以总分定胜负。半场男女一样，在五十米和三十米射程各射三十六箭，以七十二箭的总分定胜负。箭靶中心为十分，稍外一圈是九分圈，再次为八分圈，依次类推，最少为一分。也就是说，全场比赛满分为一千四百四十分，半场满分为七百二十分。

全国大赛要比全场，县里的比赛只射半场，因为参赛人数太多，若射全场则耗时太长。我们学校的队员暂且把目标放在县级比赛上，专心练习五十米和三十米。

我站在列队练习的队员身后，一一纠正她们的姿势，看有没有进步。她们的射姿各种各样：大力挽弓的，秀气雅致的，像男人的，女孩子气的……我用一样的方式训练指导她们，可她们不知不觉形成了各自的个性和习惯动作。个性倒没什么，问题在于，她们的特点是个性很少朝好的方向发展。

不管从技术还是力量来看，最稳定的还是惠子。副社长加奈江经过训练也有一定实力，但想参加全国大赛仍有些困难。

一年级学生半斤八两，只是在乱射，让她们用脑子去射好像还很难。我注意到宫坂惠美在发愣。把箭搭上弦，摆好架势，到这一步她还能做，可就是无法射出去。离她老远，我都能看到，只要一瞄准目标她就发抖。

“怎么，害怕吗？”

我一问，惠美惊讶地抬起头来。很明显，她在屏住呼吸。呼出一口气后，她说：“我总是……犹豫到最后一刻。”

我点点头。谁都有这种经历。“这只不过是一项运动，不用伤脑筋。如果害怕，闭上眼睛去射好了。”

她轻声说“好”，慢慢把弓拉开，瞄准，闭上眼睛射出。箭远离靶心，插在靶上。

“这样就行。”听我这么说，她表情僵硬地点点头。

射完五十米和三十米后，休息十分钟。

我走到惠子身旁：“大家多少有点进步。”

“还差得远呢。”她有点不高兴。

“比想象的还好些，别丧气。”

“我怎么样？”

“还可以，比集训的时候好些。”

旁边的加奈江闻言嘲讽道：“惠子从老师那儿拿了护身符之后状态良好呀。”

“护身符？”

“喂，加奈江，别胡说。”

“你们说的是什么？我可不记得给过你什么。”

“没什么，是这个。”

惠子从挂在腰上的箭筒里抽出一支箭，一支黑柄、黑羽的黑箭。我当然记得，那是我用惯的箭，直到前一阵还在用。

射手们都有自己的箭，根据自己的射法、体力来选择箭的长度、粗细、柔软度、羽毛的角度等等。不光如此，还可以照自己的喜好来搭配箭的颜色以及羽毛的形状、颜色和图案。可以说，几乎不会有两个射手拥有形状、设计完全相同的箭。

前些日子，因为原来用的箭破损得厉害，我去定制了一些新箭。当时，惠子说想要一支我的旧箭，我就给了她。从几年前开始，射手们流行带一支完全不同的箭作为装饰，并将其称为“幸运箭”。

“哦？带上那支箭后状态不错？”

“有时候而已，还算走运吧。”

惠子将幸运箭放回箭筒。她的箭长二十三英寸，我的箭长二十八点五英寸，只有那一支长出一截。

“真好，我也想要一支幸运箭。”加奈江羡慕地说。

“行啊，就放在屋子里，挑你喜欢的拿去好了。”

原本十分钟的休息时间今天拖长了，约十五分钟之后大家重新开始训练。我看看表，时间是五点十五分。

接下来是力量训练、柔软体操和跑步。很久没陪她们做全套训练了，四百米的操场五圈跑下来，觉得肺有些受不了。途中我们和网球社跑到了一起，她们的顾问藤本也在，感觉上是他在硬拉着队员跑。

“前岛老师也跑步，真是难得啊。”他的声音听起来根本不像边跑边说，呼吸几乎纹丝不乱。

“只是偶尔……可是……还是难受啊。”我几乎喘不过气来。

“那我先走啦。”

望着藤本大步跑远的背影，我觉得像在看与自己不同的生物。

跑完回到射箭场，马上做放松操，然后大家围成圆圈，报告各自的分数，再从社长、副社长开始分析讨论。惠子说，要从基本抓起，要脚踏实地，这种套话可不像是她说的，大概她也不是每天这么说。

计划中的训练全部结束，看看表，已过了六点。最近白天好像变短了一些，即便如此，天色还是很亮。远处能看见网球场，网球社的训练时间一向比我们稍长。

“今天辛苦啦。”回更衣室的路上，惠子从后面追上来说。她的腰间还挂着箭筒。

“我也没做什么，不累。”

“只要你在这儿就行。”

这句话让我一怔。她刚才的那种开朗不见了，声音听起来很真实。

“这么回事啊。”我佯装开心。

我们又谈了谈训练的事，但惠子好像心不在焉。我们走到更衣室前。

“明天你也会来吧？”

“尽量吧。”我答道。

她面露不满，随后转身走开，大概是想趁天还亮再去练一会儿。

听着她箭筒里的箭随着脚步咔嚓作响，我伸手去拉更衣室的门。

咦？奇怪。

平时能轻易打开的门纹丝不动，我加了一把力，门还是不动。

“怎么了？”见我在门口磨蹭，惠子又回来了。

“门打不开，大概是被什么东西卡住了。”

“真奇怪。”

惠子扭头绕到更衣室后面。我敲了几次门，又把门往上抬了抬，还是动不了。过了一会儿，惠子匆匆回来说：“老师，门被顶住了，从后面的通风口能看见。”

“顶住了？”我一面思索为什么会这样，一面跟着惠子绕到后面。通风口是个约三十厘米见方的小窗，上面钉有活叶片，能向外侧打开三十度。我依惠子所言往里看，里边一片昏暗，得仔细看才辨得清楚。

“还真是。究竟是谁干的呢？”我离开通风口说。

惠子盯着我的脸小声说：“一定是……在里面的人。”

“里面的人？”我刚想问为什么，不禁低呼一声。她说得没错，门只能从里面顶上。

女更衣室上了锁。我们再次回到门口，开始敲门。

“里面有人吗？”

没人答应。我和惠子互相看看，有种不祥的预感。

“只有撞门了。”我说。惠子点头。

我们俩开始用力撞门。撞了五六下，门上端发出断裂的声响，整扇门向屋内倒下，随着一声巨响，尘土飞扬。我俩站立不稳，惠子箭筒里的箭矢也掉了出来。

“老师，有人……”

顺着惠子的声音，我向房间角落看去。一个穿灰西装的男人倒在那儿。他刚好在通风口正下方，刚才没看见。

我认得那套灰西装。

“惠子……打电话。”我咽着唾沫说。

惠子紧紧抓住我的胳膊：“电话……往哪儿打？”

“医院……不，该报警。”

“他死了吗？”

“可能。”

惠子放开我的胳膊，从撞坏的门走出去，几秒钟后又折返回来，脸色苍白地问：“是谁？”

我舔舔嘴唇：“村桥老师。”

惠子瞪大双眼，一句话没说便跑了出去。

2

放学时间早就过了，但还有不少学生留在学校。广播里在催促学生赶快回家，她们却无意离去，更衣室附近挤满了看热闹的学生。

惠子打电话报警时，我站在更衣室门口，没有胆量往屋里看，身体朝着外面。过了一会儿，藤本一脸笑容地走过来。他好像说了句“出汗真舒服”，我记不清了——不如说我根本没在听。

我结结巴巴地把事情告诉他，一次没说清楚，又说了第二遍。

他听了仍一头雾水，我让他去屋里看。

藤本一声惨叫，声音几乎是从嗓子里挤出来的，手指颤抖不停。很奇怪，看着他的惊愕表情，我倒冷静下来。

我留下他，去找校长和教务主任——那大约是三十分钟前的事。

警察在眼前卖力地四处活动。见他们仔细检查更衣室的每一个角落，我甚至想，这么个小屋里能找出什么呢？他们彼此交谈着什么，声音低不可闻。对于一旁观看的我们来说，那些对话似乎句句都有含意，叫人紧张。

不一会儿，一个警察走了过来。他看起来三十五六岁，身材高大魁梧。

除了我，在场的还有惠子、藤本和堀老师。堀老师是个教语文的中年女教师，也是排球社顾问。用女更衣室的老师为数不多，她是其中之一，今天用过女更衣室的好像只有她。

警察说要同我们谈谈。他语气平和，但目光锐利，充满戒备，那眼神令人联想到机灵的狗。

询问在学校的会客室进行。我、惠子、藤本和堀老师依次被叫去问话，第一个被点名的是我，大概因为尸体是我发现的，自然要首先询问。

进了会客室，我和刚才那个警察面对面在沙发上坐下。他自称姓大谷，身旁还有一位年轻警察负责记录，此人没有自报姓名。

“发现时大概几点？”这是第一个问题。大谷用探询的目光看着我。当时我并没想到以后会和他频频见面。

“社团训练结束之后，应该是六点半左右。”

“是什么社团呢？”

“射箭社，也叫西洋箭。”我一边回答，一边想着和这个有什么关系。

“哦，我也学过射箭……先不说这个了，能尽量详细地说说当时的情形吗？”

我把从训练结束后发现尸体到向各方报告的过程准确叙述了一遍，更衣室门被顶住的情形说得尤其详细。

听后，大谷抱着胳膊像在沉思，而后问道：“当时你很用力了，门还是动不了，对吗？”

“我还试着去顶了顶。”

“结果还是打不开才去撞门？”

“是。”

他在笔记本上记了点什么，表情有点无精打采，随即抬起头看着我：“村桥老师以前用过更衣室吗？”

“没有，他不是运动社团的顾问。”

“这么说来，平时不来更衣室的村桥老师单单今天进了那里……这究竟是怎么回事，你有什么线索吗？”

“对这一点我也觉得很奇怪。”我坦承。

他又问我最近有没有发现村桥有何怪异举止，我说村桥性格骄傲，作为训导主任对学生要求严格，最后说：“我觉得他最近没什么异常。”

大谷看上去有点遗憾，但似乎一开始就没多少期待，点点头说：“哦。”

接着他换了个话题：“也许与事件没什么本质关系……看了更

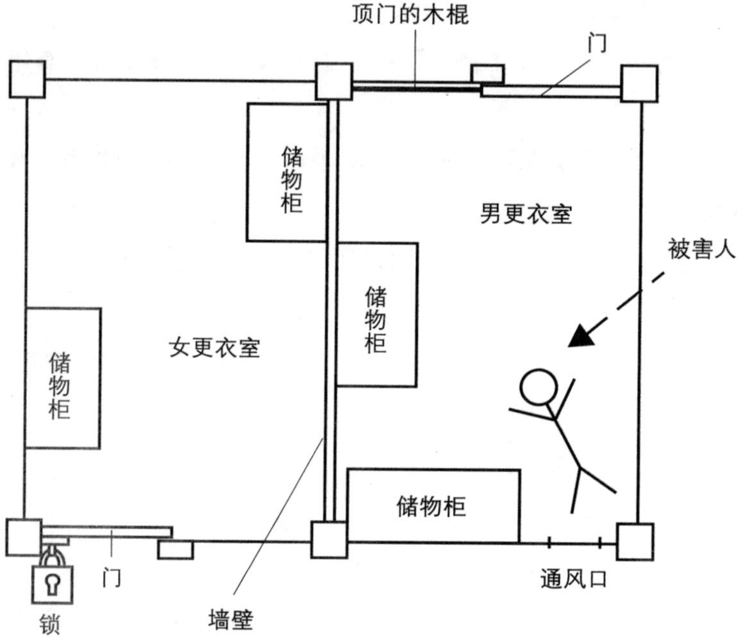

（更衣室简图）

衣室后我有几个疑问，能请你回答一下吗？也不是什么大问题，只是些细节。”

他从年轻警察那儿拿过一张白纸放在我面前，随手画下几个长方形，像是更衣室示意图。

“我们到那儿时，现场是这样的，顶门的木棍已经掉落。”

我看着图点头。

“这里有个问题，女更衣室上了锁，男更衣室呢，平时不上锁吗？”

这个问题我和藤本有点难以回答，那只是因为我们的懒惰。

“本来是要上锁的。”我答得含糊。

“本来……是什么意思？”

“没成为习惯，觉得去传达室拿钥匙用完再送回去太麻烦，再说更衣室里还从没丢过东西。”我自己也知道后半句听起来像借口。

“原来如此，所以村桥老师也能随便进出。”他语调轻松，似乎在暗示更衣室不上锁是事件的原因之一，我不禁缩缩脖子。

“但若男更衣室不上锁，女更衣室再怎么戒备也没用吧？”

他的疑问很有道理。前面说过，更衣室中央用砖墙隔开，分成两间，但那面墙并没从地板砌到天花板，而是和天花板之间留出了约五十厘米的空隙以便通风。只要想爬，是有可能从男更衣室爬墙侵入女更衣室的。

“其实，女老师们曾说过男更衣室也该上锁，一直没做到……以后我们会注意。”事出意外，我不由抬高了声音。

“对了，那根木棍原来就有吗？”

“不，”我摇头，“没见过。”

“这么说，是有人带进去的。”

我不禁盯着大谷。“有人”是什么意思？不是村桥，会是谁？但他看上去像只是随口说说，一脸平静，然后像是忽然想到什么似的抬起头来：“不好意思，我再问点别的。村桥老师单身？”

“……啊，是的。”

“有意中人吗？你知不知道？”可能是说这种话时的习惯，他挤出笑容。这种表情让我觉得不舒服，便故意板着脸回答：“我没听说。”

“一般关系的女朋友呢？”

“不知道。”

“……是吗？”不觉间，他脸上的笑容消失了，改用一种无法理解的眼神望着我。那眼神像是在说，他不认为我在说谎，但也不认为村桥没有女朋友。

“那个……村桥老师的死因是什么？”对话中断的间隙，我试探着问。

他怔了怔，马上简短地回答：“氰化物中毒。”我没再问什么，这毒药的名字太普通了。

他接着说：“尸体附近掉着一个纸杯，装过餐厅的自动售货机卖的果汁，我们判断杯子里有氰化物。”

“是……自杀吗？”我把忍着一直没问的问题说了出来。

他的脸明显绷紧了：“这种假设可能性较大，但现阶段还无法下结论。当然，我也希望只是自杀。”

听他的语气，我下意识地觉得他认为村桥死于他杀。此时此刻问他有什么根据，他大概也不会回答。

大谷问的最后一个问题，是最近周围是否发生过什么奇怪的事。他说即使和村桥老师无关也没关系。

我犹豫了，不知是否该告诉他有人想杀我。事实上，看到村桥的尸体时，我脑子里最先掠过的是一个可怕的念头：他是不是替我而死？

“有人想要我的命。”这句话到了嗓子眼，但就在看到大谷那猎犬般眼睛的瞬间，我又把它咽了回去。我想尽量避免让这个嗅觉灵敏的人来追查自己周边，再说我也答应过校长。我只对他说：“有什么发现我会通知你。”

走出会客室，我不知为何深深叹了口气，感觉肩膀僵硬，也许刚才还是紧张。

惠子、藤本和堀老师在隔壁房间等着。一见到我，三个人都松了口气似的迎上来。

“时间真长啊，都问了些什么？”惠子担心地问。不知何时她已经换上校服。

“各种问题。照实回答了呗。”

三人还想问什么，但表情突然僵住了。刚才坐在大谷身旁做记录的年轻警察出现在我身后。

“杉田惠子……是吧？请过来一下。”

惠子不安地看着我。我默然点头，她也点点头，镇静地答了一声“好的”。

惠子进会客室后，我对藤本和堀老师大致说了问讯内容。听着我的话，两人脸上的不安神情消失了，大概是认为自己不会被牵扯进什么麻烦，放下心来。

没多久，惠子回来了，她的表情也稍有缓和。接下来是藤本，最后是堀老师。她出来时已过了八点。今天已经没别的事，于是我们四人一起回家，路上一边走一边听他们说，三人所说的内容如下：

惠子是发现尸体的目击者，她对当时情形的叙述和我说的基本一致，只是她还是联系警察的重要角色。

藤本被叫去是因为他最后一个用了更衣室，警察询问的重点是，他在更衣室换衣服时，室内的情况和发现尸体时是否有什么不同，他的回答是“没注意”。

刑警对堀老师的询问基本上与更衣室的门锁有关，什么时候开锁进去、什么时候上锁出来、钥匙放在哪里保管等等。她回答："放学后我马上去传达室拿钥匙，三点四十五分左右开锁进更衣室，四点左右出来把门锁上，钥匙一直带在身边。"当然，这期间没人进出更衣室，她也没听到男更衣室有什么动静。藤本是三点半左右离开更衣室的，这一点应该不会有问题。

堀老师还说，当时，女更衣室入口边上的储物柜有一部分被弄湿了，警察好像也注意到了这一点。

此外，三人都被问及两个共同的问题：关于村桥之死是否知道什么线索，村桥是否有女朋友。他们三人都回答"没什么线索，也不知道村桥有女朋友"。我不明白大谷为什么这么关注"女朋友"。

"大概是办案的惯用手段。"藤本轻描淡写地说。

"也许，但我总觉得有点过于关注这个问题。"没人对我的话发表见解，四个人沉默着一起走向校门。看热闹的人群不知何时也消失了。

堀老师突然冒出一句："那个警察会不会认为村桥老师死于他杀呢？"

我不禁停下脚步，看着她的侧脸。惠子和藤本也跟着停下来。

"为什么？"

"没来由……就那么觉得。"

藤本立即不分场合地大声说："要真是那样，就是密室杀人了，太戏剧性了。"他像是故意说的，但我知道他是不想去认真思考他杀的可能性，这种心情和我一样。

我在校门口和藤本、堀老师道别。他们俩骑自行车上下班。

和惠子互相看了看，我长叹一声，慢慢往前走。

“简直像在做梦。”惠子边走边喃喃自语，声音里没了活力。

“我也这么觉得，很难想象是现实里发生的事。”

“会是自杀吗？”

“不知道……”我模棱两可地摇头，但感觉这种可能性不大。村桥不是会自杀的那一类人，甚至可以说他属于就算伤害别人也要执著活下去的类型。这样，唯一的可能就只有他杀了。

我想起藤本刚才说的“密室”一词。确实，更衣室里形成了一个密室，但如同小说家虚构的各种“密室杀人”一样，这起事件里是否也隐藏着阴谋呢？大谷好像也指出过密室的某些疑点。

“门确实被顶上了？”

“没错。你不也知道吗？”

“是呀……”惠子的眼睛又开始思考。

车站到了。她和我坐的电车方向相反，过了检票口后我们就分手了。

抓着车厢里的拉环，我一边看着车窗外流逝的夜景，一边又开始想村桥的死。他不久前还在身边话不饶人，现在已不在这个世上。人的一生就是如此，只能一声叹息，可生命结束得也实在太仓促，没有留下一点生的余音。

可村桥为什么会死在更衣室呢？就算是自杀，那里也不是他会选择的死亡地点。假如是他杀呢？对凶手来说更衣室是最佳场所吗？还是有非更衣室不可的原因？

这些念头在脑子里盘旋，不觉间电车到站，我步履蹒跚地来到月台。沉重的脚步让我再次意识到自己疲惫不堪。

从车站到公寓大约要走十分钟。我搬家过来后一直住这套两居室的房子，因为没有孩子，还不显得狭小。

我步履维艰地爬上楼梯，摁响门铃。很久没有这么晚回家了。

响起链锁和门锁打开的声音，门开了。

“回来啦。”裕美子的声音和往常一样。屋里传来电视的声音。

我换了衣服，坐在餐桌前，稍稍平静下来。我把发生的事告诉裕美子，她吃惊地停下筷子。“自杀吗？”

“详情还不知道。”

“看明天的报纸就知道了吧？”

“嗯。”

我嘴上这么回答，内心却在怀疑。警方不也无法当场判断是自杀还是他杀吗？大谷锐利的眼神浮现在眼前。

“他的家人……一定惨了。”

“是啊。还好他单身。”

我曾想过要不要告诉裕美子我也有性命之忧，但终究没能说出口。说出来只会让她担惊受怕，没任何好处。

那一夜怎么也睡不着，不光是因为村桥的尸体若隐若现。想着他的死，我的脑子越来越清醒。

他是被杀的吗？

如果是，凶手是谁？

和想取我性命的是不是同一个人？若是，动机又是什么？

身旁熟睡的裕美子发出均匀的鼻息。对她来说，素未谋面的丈夫的同事之死不过是报纸上的社会新闻罢了。

我和裕美子是在以前的公司认识的。她素面朝天、沉默寡言、朴素淡然。和她同期进公司的女职员经常和单身男职员出去打网球、开车兜风，但她除了上司之外，几乎不和男职员说话，对我也一样，只在倒茶时说过一两句。

“那女孩不行，叫她也不来，即使来了也没劲。”不久，有人开始这么说她，于是她连年轻人的聚会也不去了。

就是在这种状况下，有次我约她：“下班后去喝杯咖啡？”我想大概会被拒绝，不料她点头了，居然没有丝毫犹豫。

在咖啡店里，我俩几乎没有对话，只是时而我说两句，她点点头，至少她没主动说过话。但我发现，我追求的就是能和自己共度这种时间的女人，这种能让自己心平气和的时间。之后，我们开始交往，虽只是有了两人面对面相处的时间，却能让彼此相互了解。记得有次我问她：“第一次约你喝咖啡，你为什么会来？”她想了一下回答：“和你约我是同样的理由。”大概我们都是低调的人，有互相吸引的地方。

我从公司辞职当了教师后，和她继续交往。她除了对我说的话稍微多了点之外，和我们初识时几乎没有变化。三年前，我们举行了简单的婚礼。

婚后，我们过着平凡的生活，只有一次曾出现危机。那是在结婚半年后，她怀孕了。

“你会打掉吧？”面对两眼放光来报告喜讯的她，我毫无感情地说。

她的笑容一下子凝固了，像是一瞬间无法理解我的话。

“现在还不能有孩子，我一直小心，怎么还会失败呢？”

不知是我的消沉说法让她伤心，还是“失败”二字刺伤了她，大颗的泪珠从她眼中滚落。

“因为最近经期不正常……可是，好不容易有的孩子……”

一听“孩子”，我更歇斯底里：“不行就是不行！孩子要等有信心养育之后再说，现在太早了！”

那天晚上她彻夜抽泣，次日我们俩去了医院。医生的劝说没有改变我抹杀幼小生命的意愿。表面上的理由是生活困难，其实我当时的真正想法是当父亲太麻烦。一想到一个生命诞生到人世，他的性格会深受自己影响，我就对当父亲产生一种类似恐惧的感觉。

我不得不承认，那件事让我们的关系发生了明显的变化。她经常哭泣，而我那时也总不愉快。此后一两年，她常在厨房发呆，若有所思，直到最近才开朗起来，但关于那件事，也许她至今还没原谅我，对此我也无计可施。

不能让妻子操多余的心——这是我现在的想法。想着这些，过了凌晨三点才昏沉沉地入睡，但噩梦让我的神经根本无法休息。在梦中，我被一只白色的手追赶。我想看清那是谁的手，但越想看，影像就越模糊。

3

九月十三日。

“今天是十三日，星期五。”临出门前，裕美子看着日历说。我也不禁看了看日历：“还真是，看来今天最好早点回家。”可能是我的语气太认真了，她一脸诧异。

去学校的电车里，我手抓拉环挤在人群中，听见背后有人说“村桥”。我转过头，看见熟悉的校服。

是三个学生，其中一个我认识，是二年级的。她大概也认得我，但好像没注意到。她们的说话声越来越大。

“老实说，你们不觉得这下轻松了吗？”

“没觉得，反正我一直就不理他。”

“真的？我可挨他训过，改了三次裙摆呢。”

“那是你太笨啦。”

“是吗……”

“不如说，没了那双色迷迷的眼睛，你们不觉得好多了？”

“这倒是真的。”

“表面一副正人君子模样，骨子里还是好色。”

“没错。他明摆着很好色。我有个学姐说，有天穿得暴露了点，村桥上课时就死盯着她看，只好用书挡着，结果那家伙慌忙挪开目光。”

“真讨厌！”

三个女孩毫不顾忌周围的目光，尖声笑起来。

电车到站，我跟在她们身后下车，瞥见她们的侧脸，天真得让人吃惊。如果死的是我，她们会怎么议论呢？我开始害怕她们的天真。

关于昨晚的事件，今天的早报上有简单报道，标题是“女中教师自杀？”，带着问号，像是表示警方还没下结论。文章只是对情况作了简单说明，并没有特别强调的部分，当然也没提及密室，给人的印象是一起普通案件。

一想到去学校会被问到各种问题，我不觉心情沉重，脚步也慢了下来。

推开办公室的门，看到几个人正围着藤本低声说个不停，问话的是长谷和堀老师。奇怪的是麻生恭子也在那儿。

藤本见我坐下，便离开长谷他们，走过来轻声说："昨天辛苦了。"他脸上没有往日的笑容，却也没有昨天的愁容。"那个警察，姓大谷那个，又来啦。"

"大谷？"

"对，在传达室瞥见一眼，确实是昨天那人。"

"哦……"

不用想也知道大谷去传达室的目的，一定是去打听女更衣室的门锁情况。这个机敏的警察大概想迅速解开密室谜团，这也意味着警方倾向于他杀这种可能。

开始上课前，教务主任训话，说得还是那么啰唆而不得要领。概括说来大意为：关于昨天的事件，学校完全委托警方处理；媒体方面由校长和教务主任负责，其他人绝对不可多嘴；学生们可能情绪不稳，教师必须态度坚定以作表率。

教职员晨会结束后，班主任们马上前往各教室，去开第一节课前的短会。今年我没当班主任，但也和他们一起离开了办公室。刚要出门，眼角瞥见麻生恭子像等在那儿似的站起身，关门时我看见她走到藤本身旁说了几句。从她那严肃的表情，我意识到和昨天的事件有关。

我提早离开办公室，是想顺路去一个地方——传达室。我想知道大谷问了些什么。

传达室里，阿板正准备出去割草。他头戴草帽，腰间挂着毛巾，那副打扮和他很般配。

“阿板，早啊。今天真热。”

阿板那晒黑的脸上绽出笑容：“是啊，真热。”他边说边用毛巾擦着鼻尖上的汗珠。

阿板十几年来一直在这所学校当校工，他姓板东，但几乎已没有学生知道。至于年龄，他自称四十九岁，但从他脸上深深的皱纹来看，大概已经接近六十。

“昨晚够戗吧？”

“是啊，第一次碰到那种事。日子一久，真是什么事都会有啊……对了，听说是前岛老师你发现的？”

“是呀，警察问这问那的。真头疼。”我若无其事地引他开口。

他马上接过了话茬：“今天早上警察也来过我这儿呢。”

我装作吃惊地问：“是吗，来问什么？”

“也没什么，就是关于钥匙保管的事情。警察问钥匙是不是可以随便拿出去，我说那是我的工作，当然要好好保管。”

阿板的认真是出了名的，保管钥匙也一样。传达室里有放钥匙的柜子，柜子也牢牢上着锁，钥匙由他随身携带。要借用更衣室或其他地方的钥匙，必须在登记簿上写下姓名，他确认姓名和本人一致后，才会把钥匙交出去，的确非常小心。

“还问了什么？”

“还说到了备用钥匙。”

“唔？”我暗自点头。

“警察问更衣室的锁有没有备用钥匙。”

“然后呢？”

“备用钥匙总是有的，要不然弄丢钥匙的时候就麻烦了。警察接着追问备用钥匙在哪……到底是警察啊。”阿板用旧报纸在脸颊边扇着。爱出汗的他夏天总是只穿一件汗衫。

“你怎么说？”

“我只说放在合适的地方，问他是不是想知道是哪儿，他微笑着说只要我保证绝对没人拿出去就不用说出来。那人可真有一套。”

城府真深，我想。“警察就问了这些？”

“还问到都有谁拿过更衣室钥匙。我查过登记簿，只有堀老师和山下老师两人，其实不用查也知道。”

堀老师和山下老师，是她俩在用女更衣室。

“警察问的就是这些。前岛老师你也关心？”

“啊，也不是……”

大概是我追问得太多了，阿板的眼神有点奇怪。不能让他起疑。

“因为是我发现的，想知道警察怎么想，没别的。”说完，我离开了传达室。

第一节是三年级B班的课。平日不看报纸的学生好像也知道了昨天的事件，也许是从惠子那儿听说的。我很清楚她们在等着我说那件事，但我却比平常更专心，没想把村桥之死当成闲聊话题。

上课间隙，我瞥了瞥惠子。昨晚分手时她的脸色很难看，今天早上没那么严重了，只是虽然脸朝着我这边，眼睛却像在越过黑板凝视远方，我有点担心。

见学生们期待我上课跑题，我就让她们做习题，自己站在窗边眺望操场。操场上正井然有序地上着体育课，在学生面前示范跳高动作的是竹井老师。他刚从体育大学毕业不久，还是个现役标枪运动员，在学生中很有人缘，被起了个“希腊”的外号，可能是因为投标枪时的严肃表情和结实肌肉像希腊雕像。

刚想收回视线，眼角瞥见一个见过的身影，高大的身材，绷着身子走路的姿势，是大谷。

他朝旁边的教学楼后面走去。更衣室就在那个方向。

我想，他这是要挑战密室了。

有关钥匙保管事宜，大谷从阿板那儿问得很详细。看来他基本上认为凶手是在堀老师锁上门后用某种办法打开，又再次锁上的，至于是哪种办法，大概还没弄清楚。

“老师……”

坐在旁边的学生叫了我一声。黑板上的解答已经写完，而我还在看着窗外发呆，她忍不住开口了。

“好，现在开始讲解。”我故意提高声音，走上讲台，其实思绪还完全没有转过弯来，仍在想，大谷此时在更衣室查什么？

下课后，我很自然地朝更衣室走去，想再亲眼看一次现场。

更衣室里空无一人，外面拉上了绳子，贴着“禁止入内”的纸条。我从男更衣室入口朝屋里看。灰扑扑的空气和汗臭仍和原来一样，屋子里用白粉笔画了村桥倒在那儿的样子，虽然只是大致的图形，但看着画出的胳膊什么的，昨天目击现场时的震撼似乎在重现。

我绕到女更衣室入口。挂在门上的锁不见了，大概是警察带走了。

门上会不会有机关？我试着把门开开关关，又往上抬了抬，但那扇出奇牢固的门似乎毫无异状。

“没什么机关吧？”身后突然传来一个洪亮的声音。我像个做恶作剧时被人抓个正着的孩子，缩了缩脖子。

“我们也细细调查过了，虽说无能为力。”大谷把手放在门上，“男更衣室的门从里面被顶住，女更衣室的门上着锁。那么，凶手是怎么进去又怎么出去的呢？这简直像推理小说一样有趣，虽然本来不该觉得有趣。”大谷笑了。令人惊讶的是他的眼睛也笑得奇怪。真是个捉摸不透的人。

“你说凶手……那，果然是他杀，不是自杀？”

他笑容依旧：“毫无疑问，是他杀。”

他的说法让我觉得自己的直觉有了证明：“为什么？”

“没发现村桥老师有自杀的动机，就算是自杀，也找不到要选择这种地方的理由。再说，即使要在这里自杀，也没必要弄成密室。这些是第一个根据。”

不知道他说的有几分真实，刚才我也这么想。

“那……第二个根据呢？”

“那个，”大谷指着更衣室里面，确切地说是指着男女更衣室之间的那堵墙，“墙上有人爬过的痕迹。那上面满是灰尘，有一部分却被擦掉了。我们认为凶手是从男更衣室翻墙来到女更衣室。”

“嗯……但为什么要爬呢？”

“大概为了脱身。”他不动声色地说，“就是说，凶手事先用某种办法打开女更衣室门锁，在男更衣室和村桥老师见面，伺机毒死他，把门顶住后翻墙到女更衣室，从那边逃走。当然，逃出后再把门依原样锁上。”

我一边听，一边想象每一个行动。那过程的确不是不可能，问题是：怎么把门锁打开？

“是啊，这个最让人头疼。”他嘴上这么说，却丝毫没有为难的表情。

“当时是堀老师拿着钥匙。我就想，那备用钥匙呢？首先想到的是凶手去配钥匙，这得先拿到钥匙才行，所以我就去查是否能从传达室拿出钥匙来……”大谷想起什么似的苦笑着挠挠头，“却被那位……姓板东吧？被他推翻了。”

我暗自点头，这和阿板说的一样。

“不能拿锁去配钥匙吗？”

“有些锁可以，可以灌进蜡什么的来做钥匙，但那把锁不行，详情我就不说了。”

大谷从口袋里掏出香烟，叼上一支，又慌忙放了回去，大概想起正身处校园。

“我随后想到的是保管在传达室里的备用钥匙，但板东很肯定地说不可能被拿走。这样，剩下的就只有怀疑借钥匙的人了，据调查，借过的除了堀老师和山下老师再没别人，而且那把锁又是第二学期新换的，凶手不可能很久前就配好钥匙。”

“这么说，堀老师她们有嫌疑？”

大谷慌忙摆手，说：“没有的事，怎么说我们也不会这么随便推测。目前我们正在调查这两位老师借了钥匙后有没有交给什么人，也在继续走访附近的锁店。”他的神情仍充满自信。

我忽然想到一件事：“但只怕也不能只盯着女更衣室的锁，也许凶手是从男更衣室这边逃走的。”

大谷面不改色，只是眼神变锐利了："哦？你是指从外面把门顶上？"

"不行吗？"

"不行。"

"比如，用线绑住木棍，从门缝伸进去……"

我还没说完，大谷就开始摇头："这是古典推理小说里可能出现的法子，但不可行。怎么把绑着的线拿出来？再说，用来顶门的木棍没有线之类绑过的痕迹。最关键的是，用那种长度的木棍顶门，即使从里面也要相当大的力气，不可能用线或铁丝之类的东西来远距离操作。"

"'那种长度的木棍'……这和长度有什么关系？"

"当然有。如果木棍超过必要的长度，门顶上之后容易松开，只有用最短限度的棍子最牢固，也不需什么力气。那根木棍以四十五度角顶在门后，大概相当费劲，事实上，木棍顶端和门上的凹痕也说明了这一点。"

"哦……"

毕竟是专职探案的警察，大概早已调查过这些情况。

"不能从指纹上找线索吗？"我想着刑侦剧的情节。

大谷摇头："锁上只有堀老师的指纹。门上有许多人的指纹，但新的只有你和藤本老师的。女更衣室门上只采集到堀老师和山下老师的……木棍是旧木头，无法检测出上面的指纹。"

"这么说，是凶手擦掉了？"

"可能作案时戴着手套，或在指尖涂过糨糊之类的东西然后晾干。凶手是在拼命，这点警惕总会有。"

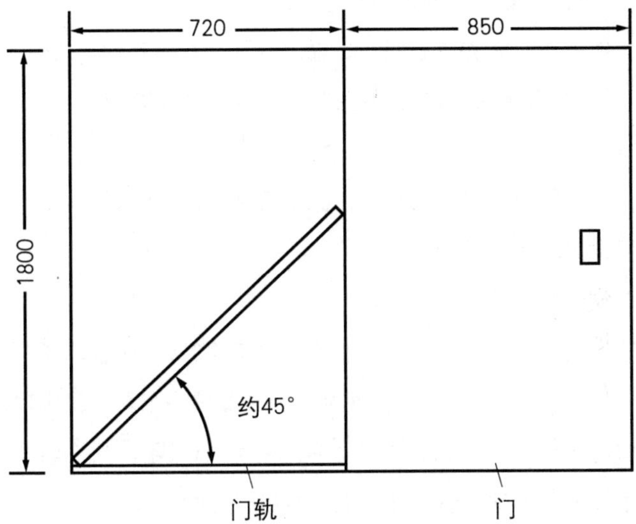

“那纸杯……查过了吗？”

“你简直和记者一样。”大谷嘴角的笑容略带讽刺，“纸杯、加了氰化物的果汁和目击者，都正在调查，坦白说还没有线索，一切还得看以后的进展。”

他卖关子似的说了声“只是”，顿了顿又道：“昨天，鉴定人员在更衣室后发现了一个奇怪的东西，不知和事件有没有关系，我觉得有点蹊跷。”

他从西装内袋拿出一张记事本大小的黑白照片给我看。照片上是一把锁，很便宜的那种，拴在一个直径约三厘米的小圈上。

“这和实物差不多大小，应该是个几厘米长的锁，上面沾着土，但不脏，也没生锈，可见掉在那儿还没多久。”

“是凶手掉的？”

“有这种可能。你见过吗？”

我摇摇头。大谷收起照片，说已经开始查这东西，之后又说：“对了，从被害者衣服口袋里也找到了一样奇怪的东西。”

“哦？”

“这个。”大谷用食指和拇指比画成圈状，意味深长地笑道，“橡胶制品，男人用的。”

“不会吧……”

我真是这么想的，它和村桥给人的印象怎么也联系不到一起。

“村桥老师也是男人嘛。既然身上带着那种东西，我想他身边可能有特定的异性，所以昨天才问各位那个问题，可你们的回答都是不知道。不知盯着这一点能否查出事件的关键……”

“你是说在异性关系方面继续调查？”

“嗯……但被发现的安全套上没检测出任何人的指纹……真棘手。”

大谷神情严肃，难得地有些沮丧。

4

警方的正式调查从中午开始，大谷提出要去学生训导处询问情况。我明白他的目的——村桥对学生很严厉，恨他的人也多，大谷大概是想知道那些学生的名字，然后逐一彻查。对警察来说这是理所当然的调查方法，但这样学校无异于是在出卖学生。

我一边啜着茶，一边想，问题在于训导处怎么对警察说。这时，教务主任松崎走过来说校长找我。松崎本来就瘦，今天垂着肩膀，显得更加憔悴。

来到校长室，栗原校长面前放着堆满烟头的烟灰缸。他抱着胳膊，闭着眼，看起来像在沉思。

“好像……”校长慢慢睁开眼，盯着我的脸，“情况不太好。”

“训导处接受调查的事？”我问。

校长轻轻点点头：“那些家伙好像认定村桥死于他杀，不知有什么根据。”他的语气很不耐烦。校园里发生命案，学校的信誉会一落千丈，在校长看来，在校内四处打探的警察让人讨厌。

我想起刚才和大谷谈话的内容，便对校长说起他杀的根据，他却意外地没有多大反应。“什么，就这点事？那岂非还有自杀的可能性？”

“当然是这样……”

“是吧？一定是自杀。警察说没有动机，但村桥有些地方相当神经质，教育学生方面好像也有各种烦恼。”他似在自圆其说，又像想到什么似的看着我，有点不放心地问，“你说过有人要杀你……这事还没告诉警察吧？”

“嗯，还没有。”

“唔，还是再看看情况为好，如果现在告诉那帮家伙，他们一定会和村桥的死联系到一起，那样就更麻烦了。”

但也不能保证两者之间毫无关系。对这种可能性，校长似乎根本未加考虑，不，应该说他故意不去考虑。

“我要说的就这些，你要是知道了什么就来告诉我。”

“知道了。”我推开门，迈出一步，又回头说，“对了，麻生老师的事——”

校长抬起右手在脸前摆了摆：“现在不谈这个，我根本没心情谈儿子的婚事。”

“那我走了。”我离开校长室。

我回到办公室正准备上第五节课，藤本走了过来。他人不错，就是好奇心太强，让人受不了。

“和校长说了些什么？是关于这次事件吧？”

“不是。你好像很关心这件事呀。”

“当然要关心，身边第一次发生这种事嘛。”

我简直想说羡慕他这种轻松的心态。

看着藤本，我突然想起一事，看看四周，压低嗓门问道：“今天早上麻生老师好像问过你什么吧？”

“麻生老师？啊，是第一节课开始前？是关于那起事件，她问得很奇怪，但也没什么大事。”

“问了什么？”我再次环顾四周，麻生恭子不在。

“她问村桥老师身上有没有被偷走什么东西，我告诉她没听说。不管怎么说，这和偷窃总没关系吧？”

见他好像在征求我的意见，我答了句“是啊”。麻生恭子为什么会那么问呢？对这个问题，藤本摇头晃脑地说：“也许麻生老师推断是盗窃杀人。”

藤本离开后，堀老师走了过来，她像是等着藤本离开才走过来。她比刚才的我更注意周围动静，忙乱地环顾一圈后低声问：“有什么新情况吗？”

这个中年女人毫不掩饰好奇心的态度令我感到不适，便惊讶地答了声“没有”。她又问：“警察好像认为村桥老师有恋人，怎么回事呢？”

“这……好像也没有确实的根据。”

“哦？是吗？可是……”她压低声音，“我知道。”

“啊……”我看了她一眼，“知道……什么？”

“是上次在毕业生同学会上听说的……村桥老师和一个年轻女子在T街上的……叫什么来着……那种全是可疑旅馆的地方……”

“情人旅馆街。”

“对对，有个毕业生看见他们走在那一带。”

“这……是真的？”

如果是真的，那么村桥确实有关系非同一般的女友。我觉得一阵不安。

“说起那年轻女子……”

“嗯。”我不觉间被她的话吸引，探过身去。

“那个毕业生说，虽不知道姓名，但确实是清华女中的教师。我问了问那人的大致年龄，好像是……”她向旁边瞥了一眼，视线停在麻生恭子的办公桌上。

“……不会吧？”

“错不了。那个年龄的没别人。”

“为什么没对警察说？”

她皱起眉头：“也许只是偶然走在一起。而且，如果他俩真是那种关系，应该会有点传言，她自己也会主动说。不管怎样，我觉得这不是该由外人公布的事。不过，如果这件事关系重大，又不能不说……所以我才告诉你，想让你帮忙判断一下。”

“这样啊。”

她是不想让自己的话被人重视，以免卷入麻烦。

可村桥和麻生恭子……他们俩扯在一起实在太出人意料了。

说曹操曹操到，麻生恭子进来了，我们的对话随即中断。第五节课铃响之前，我一直关注着她白皙端庄的侧脸。她应该察觉了，却没往我这边看一眼，这反倒不自然。

麻生恭子第一次出现在学校是在三年前。她身材高挑，穿着得体的套裙，散发出一种刚毕业的女大学生的气质。

稳重的女子——这是她给我的最初印象。事实上，她话不多，不像同龄女孩那么花哨，其他人大概也都这么认为。但我们都看走眼了，其实她是个超乎我们想象的危险女子，换句话说，是个喜欢冒险恋爱的女人。

我了解到麻生恭子的本性是在她到学校大约一年之后。那时，学校组织教职员春游，我们走的是普通线路，去伊豆住一晚。

行程虽普通，却没什么人表示不满，因为大家都期待着夜晚的来临。晚宴上尽情欢闹之后，大家能各自享受自由的一夜，有人接着喝第二摊，有人消失在夜晚的街头，也有人带着A片在房间里自乐。

麻生恭子约了我。宴席上，坐在旁边的她对我耳语：“一会儿要不要出去？”我没觉得不好，但提了个条件，提议叫上同事K。我知道K对她有好感，为了帮内向的他解决重大苦恼，只好不合身份地当了一回月老。

她爽快地答应了。三人前往离旅馆几百米远的一家小酒馆喝酒。她说不想在旅馆边上，那样会碰见熟人。

在酒馆里，她说得很多，K 和我也很高兴，一直聊得很热闹。

大约过了一小时，我先起身离开，这当然是让他俩单独相处的策略。K 再内向，大概也明白我的意图，我想他不会放过这个机会。

K 回旅馆已是半夜。他蹑手蹑脚地钻进我身旁的被窝，从呼吸声就知道他相当兴奋。果然，第二天在车上他就主动向我报告了。

“有了出乎意料的进展。”他有点骄傲，又有点不好意思。他说，昨天晚上两人离开酒馆后，在空无一人的小路上散步，过了一会儿她说有点累，两人就在路边的草丛坐下。

“气氛很好，酒劲也上来了……”K 像找借口似的放低声音，自言自语般坦承，“只差一点就……”

如果只是这样，我只不过会对 K 的勇气和麻生恭子意外的大胆咋舌，但真正令人吃惊的是在旅行之后。

K 向她求婚。他很单纯，求婚也算情理之中。但麻生恭子拒绝了，而且不是委婉的拒绝。用到我家狂灌闷酒的 K 的话来说，是“冷笑着拒绝”。

“她说只是玩玩，说要是我当真可就麻烦了……一副厌烦的样子。”

“可……不是因为她对你有点好感？”

他停住酒杯，神情忧伤：“她说谁都行，说本来觉得已经结婚的你最合适，换成我也无所谓……”

怪不得她先约我。

后来，K 由于家庭原因辞了职。回老家时，我送他到车站，他隔着车窗说：“她是个可怜的女人。”

从此我就对麻生恭子心存芥蒂，甚至有些替朋友恨她。她大概也察觉到了，我们很少说话。

这样一个女人没准会和校长的儿子结婚，而校长让我调查她的异性关系，真是再讽刺不过了。她能否攀上高枝竟取决于我。

且慢！

我脑中突然闪过一个念头。

第三章

1

十三日，星期五，这天的课总算平安无事地结束。本想直接回家，可我与惠子有约，全县大赛也在临近，社里的训练不大好溜号。

出事的更衣室仍被禁止使用，即使可以用我也不想进去，就打了招呼借用体育教师专用更衣室。我正换着衣服，竹井大汗淋漓地进来了。他拭去结实肌肉上的汗水，把背心换成运动衫。

“今天的训练结束了？”我问。竹井是田径社顾问，总是一身背心短裤在跑道上跑到太阳落山。

“没，一会儿要开会，关于秋季比赛日程和体育节。”

“体育节……”是有那么回事。最近事情太多，无关紧要的便容易被忘记。

“体育节的高潮是各社团的表演赛，我们就讨论这件事。”

“哦……今年表演什么来着？”好像听说过，可没记住。记得去年是“滑稽时装秀”。

“今年是化装游行，我们顾问也得表演，真让人挠头啊。”

真不知是谁出的主意。

“你们社扮成什么？”

他抓抓脑袋回答：“她们胡闹，要弄成乞丐，脸上涂泥巴，穿破烂衣服，摇摇晃晃走路，她们说那样像早期嬉皮士，很时髦。”

“你也参加？”

“是啊……据说我是乞丐头子，大概就是要弄得比其他乞丐更脏吧。”

“这可有点……”我忍住笑，把“可怜”二字也吞了回去，想着射箭社到底会作何打算。惠子什么也没对我说。

到了射箭场，我询问惠子，她轻描淡写地说：“那个呀，马戏。”

“马戏？”

“大家扮成马戏团，驯兽师呀魔术师什么的。”

“哦……那我扮什么？不会让我穿上毛绒衣服扮狮子吧？”

“这主意不错。比这要好一点点，是小丑。”

“小丑……”满脸涂白，加个红鼻子……看来也轮不到我去笑竹井了。

“而且不是一般的小丑，是拿着一升装的大酒瓶，喝得烂醉的小丑。”

“醉鬼啊……”要跟上她们的感觉真是没指望，想起竹井的话，算是再次领教她们了。

射箭社的训练照规定时间开始，开始练习前，照惠子的指令，全体成员每两人分成一组，一年级学生尽量和二、三年级搭配，除了这一条外她们自己随意搭伴。惠子事先告诉过我这么分组的目的，是为备战一个月后全县比赛的特训。

“以前都是由自己来计算得分，这样打分会比较松，一种情况是不想让别人知道自己糟糕的成绩，还有一种是在射中十分和九分界线时总会给自己算十分。以后改成两人一组，互相计分，这样一定会变得更认真，也能相互检查对方的姿势，对于还没习惯比赛的一年级同学，还能一对一进行指导。”惠子觉得自己想出了高招，两眼放光，说得很兴奋。我觉得胜负在于个人，没有完全赞成，但出于优先考虑学生的自主性这一点，也没贸然表示反对。

她们马上两人一组开始练习。和惠子搭档的是一年级的宫坂惠美。惠美在暑假里左手腕扭伤，戴着护腕的左手还没好，却很有长进，看样子能赶得上参加全县比赛。她对靶子的恐惧好像也消失了。

在全县比赛中名列前茅就可以参加全国比赛。站在队员们身后看她们奋力射箭，我真想让她们全都去参赛，但也知道几乎所有人都没有足够的实力。

“好像一脸愁容啊。”惠子把玩着我给她的那支幸运箭走了过来。

“因为有期待，难免会感到凄凉。”

“老师你觉得凄凉也没用呀。还不如射射箭呢，给我们示范一下嘛。”

听她一说，我才意识到自己很久没拿过弓了，没那种心情。但也许正是这种时候需要换一下情绪。

“好，久违地让你们看看什么是艺术性的射法。”我去社团活动室拿弓。

我站在五十米线上，队员们开始停下动作注视这边。我属于面对靶子就会心跳加快的类型，众目睽睽之下还真是压力不小。

“没射好也别笑啊。”我强打精神，连声音都有点不自然了。

瞄准器对准靶子，慢慢拉弓。左肩有点端着，这是学生时代就有的坏习惯。瞄准靶心，全力绷紧背部肌肉，进入日本箭道里“会”的状态。弓拉到一定位置，金属片掉下发出咔嚓一声，箭应声离弦而出。

在大家的注视下，箭以破竹之势朝靶子飞去，砰的一声，正中靶心的黄色部分，即所谓的黄金区。

“好箭法！”彩声四起，我也一下子放松下来，剩下的五支箭都没射空，算算分数分别是十、九、九、八、八、七，共五十一分，很久没练习的状态下射成这样，已经算不错了。

“传授一下紧张时也不失误的秘诀吧。”惠子说。其他人也饶有兴趣地看着我。

“哪有什么秘诀？在亚运会上拿过金牌的末田说过，‘只要瞄准了，箭就不会去别的地方’，这种话只有成为高手之后才能说。”这是我做学生时听过的话，只是自己根本无法接近那样的境界，而此刻听我说话的队员也一脸茫然。“我能说的是，我们普通人在决定胜负的紧要关头需要精神支柱，但比赛时孤身一人，无从依靠，拿什么做支柱呢？只有拿事实，就是自己曾付出努力这个事实，相信自己平时舍弃娱乐时间拼命训练，一定会有好结果。”

“能相信吗？”一个二年级学生喃喃自语。

加奈江看看她说："得练到自己能相信为止。"她边说边以询问的眼神看我。

"没错。闭上眼睛，好好回想之前的努力，自信会喷涌而出。"

我一说完，全体队员鞠躬说"谢谢"。虽说这比在教室中说话要轻松，我的腋下还是汗湿了一片。

之后，这天的训练一直是两人一组进行。我有点担心两人都是二年级学生的小组会因彼此过于亲密而影响训练，惠子却对今天的训练情况很满意，结束集合时说明天也照这方式来练。

训练结束，去体育教师专用更衣室换好衣服，我在学校大门等惠子。本以为她会和加奈江等人一起回家，没想到是和宫坂惠美一起。看样子不光是训练，平时她俩也打算在一起活动了。

"真感动，在等我吗？"惠子做了个夸张的表情。惠美则有点惊讶。

"啊，有几句话。"我配合着她们的步速前行。

先是谈了谈分组训练的话题，确认了一下惠子的想法。我照事先想好的说，基本上任由她们自主，这话题就算结束了。

"对了，问点别的，你们班的副班主任是麻生老师？"我自以为话题转换得很自然，不知道是否问得不露声色。

惠子没觉得奇怪，点头说："是呀。"

"你和她经常说话吗？"

"算说得多的吧，都是女的嘛。"

"你们也谈论异性吗？"

"说得真生硬，异性？男人对吧？常常说啊，说的大多是老师在学生时代的事。别告诉别人啊，她那时候好像玩得很开心，当然，是柏拉图式的。”

我心下暗道，谁知道呢？

“她现在有没有和谁交往？你们没问问吗？”

“和谁交往？这个……”惠子边走边歪着头想，表情认真得让我有点吃惊，“没有。为什么问起这个？”

“嗯，其实是想给她介绍对象。”我信口胡说。

惠子顿时兴奋起来：“啊，好玩。可这种事直接问本人不就行了？”

“也是，但有点难以开口。”搪塞之后，我开始后悔问惠子这件事。这毫无意义。像麻生恭子那么厉害的女人，不可能会把自己的私生活告诉学生。

就在刚才，我心里有了个假设，起因是堀老师把从毕业生那儿听来的话告诉了我——村桥曾和貌似麻生恭子的女子走在情人旅馆街上。我想向那个毕业生打听详情，向堀老师要她的联系方式，可那学生去了九州的大学，无法马上联系上，不得已才作此假设。

假设麻生恭子和村桥之间有特殊关系。这样的假设算不算离奇？年过三十仍未婚的村桥和二十六岁的她，我觉得很有可能。只是，两人的真正想法，尤其是麻生恭子是否认真，这相当可疑。我推断他们只是在相互享乐。

那么，如果两人关系不同寻常，会怎样呢？跳跃地说，这种情况下她就有了杀害村桥的动机。而且，还有重要的一点，她得把我也干掉。

这个夏天，栗原校长提出想让她做自己的儿媳。栗原家主要以经营学校发家，资产雄厚，从她的角度来说，无疑想一口应允，却迟迟不给回复，这大概也有让对方着急的意思，但我认为最大的原因是她需要时间清理自己身边，也就是封住知道自己阅男无数的人的嘴巴。那第一个人不就是我吗？只有我知道她和K的事，对她来说是个绊脚石，可我运气不错，没被干掉，反而对看不见的凶手起了戒心，因此，她只好先向第二目标下手。

那就是村桥。

还有，听藤本说，麻生恭子对这起事件似乎很感兴趣，据我所知，她不是会被这种事吸引的女人。我对自己的推理越来越有把握。

“关于昨天的事件……”到了车站附近，惠子像看透了我的心思似的提起这个话题，“大家都在谣传村桥老师不是自杀。事实会是怎样呢？”大概因为自己也是目击者之一，她声音低沉。

“大家……从哪里听来的消息？”

“好像是藤本老师。A班的朋友说的。”

我眼前浮现藤本那满不在乎的脸。真羡慕他没有烦恼。

“这样啊。我也不知道，只是警方确实没定论为自杀。”

“哦？那，密室之谜解开了？”惠子把看似沉重的书包换了个肩膀。她说得不经意，但这样的问题脱口而出，可见也是时刻在想案发现场的奇怪情形。

“密室呀，警察好像认为凶手配了钥匙，因为他们详细问过校工阿板。”

“配钥匙……”

“至于凶手是否有配钥匙的机会，好像还在调查。”

惠子像在沉思什么。我有点后悔自己说得太多了。

到了车站，过了检票口，我们照例左右分开。宫坂惠美和惠子同一个方向。临别时，惠美轻轻说了声“再见”，我觉得这是今天第一次听到她的声音。

下到月台，我顺着电车前进方向一直走到最前面，这样方便换车。油漆斑驳的长椅是优先座，我又往右端走了走，坐下。

我看见惠子和惠美站在对面月台交谈，惠子甩着书包，盯着惠美说话，惠美始终低着头，只偶尔回答一两句。正猜着她们在谈些什么，那边的电车进站了。车开走时，见惠子隔着车窗挥手，我也冲她轻轻挥了挥手。

片刻之后，传来一阵摩托车声，我条件反射地循声望去，只见铁轨旁的路上停着两辆摩托车。难道是……仔细一看，果然，其中一辆是那天和阳子说话的那个年轻人的车，我对那顶红色头盔记忆犹新。问题是另外一辆，车上的人看起来和上次在校外吵闹的那些人不一样，黑色安全帽、黑色赛车服，体形不像是男人……

我确信那是高原阳子。她说过有时会在这一带飙车。可在这铁轨旁的路上，很可能会被人发现。眼前浮现出她那无所谓的表情。

骑摩托车的两人在路旁说了一会儿，阳子先走了。她说这个夏天才拿的驾照，但看上去骑得很不错，一转眼已经不见踪影。随后戴红色头盔的年轻人也出发了，还是那种令人反胃的噪音。旁边的好几个人都直皱眉头。

就在这时，奇怪的一幕出现了——一辆白色轿车紧追在戴红色头盔的年轻人后面，刷地驶了过去。也许是偶然，但看那辆车的速度和追赶的时机，我好像感觉到了什么。

有一种不祥的预感。

2

预感被证明灵验是在第二天，九月十四日，星期六，第三节课结束时。我上完课回到办公室，教务主任松崎和长谷正站着说话，两人都抱着胳膊，像在沉思什么。刚想从他们旁边过去，被松崎叫住了："前岛老师，请等一下。"

"什么事？"我轮番看看他俩的脸，看样子不是什么好事。

松崎犹豫着说："今天警察又来了……"

"哦……"我知道。我看到大门旁停车场里停着那辆灰色车子，大谷来学校总是开那辆车。

"他们提出的要求有点麻烦。"

"是什么？"

"说是想向学生了解一下情况，而且不要教师在场……"

我不禁看着长谷："哪个学生？"

长谷看了一下四周，小声说："高原。"

我下意识地叹了口气，心里说：果然。

"警察为什么找高原？"我问。

松崎挠挠稀疏的头发："好像是昨天在训导处了解情况时问出了她的名字，我不知道他们具体谈了什么。"

我能想象。警察大概会问"有学生对村桥老师怀恨在心吗"训导处便列出一份名单，阳子也在其中。

"要我做什么吗？"我看着松崎。

“原则上，我认为必须协助警方调查，但学生接受调查取证事关学校的信誉问题。而且，高原若知道自己被怀疑，情感上可能会受到伤害。”

“我明白。”我点头，虽然有点讨厌他把学校信誉问题摆在前面。

“所以，我和校长商量该怎么应对，校长指示先问清警察的意图……然后再决定是否让他们和学生面谈。”

“哦。”

“问题是谁先去见警察。我找了高原的班主任长谷老师——”

“光我去不行。”长谷打断了他的话，“我对这起事件的情况没有总体把握，再说是第二学期才担任高原的班主任，对她的个性还在摸索。”

他的语调带着夸张，我知道他接着要说什么。

“所以我推荐前岛老师。你是第一目击者，和事件并非完全无关，又是高原二年级时的班主任，再合适不过了。”

果然不出所料。松崎在一旁揣摩我的表情，问道：“你觉得呢？”

若在平常，我大概会婉拒，因为此时接下这种事，今后会成为学校和警方之间的传声筒，眼见着是自找麻烦。但这起事件并非和我无关，也许超乎松崎和长谷的想象，我是个“当事人”。

我答应下来。松崎和长谷说了一堆感谢的话，都一脸放心的表情。

第四节课我让学生们自习，自己向会客室走去，有一种天降重任的感觉，脑子里却在想，学生们大概对我的课改成自习感到很高兴。

我推开会客室的门走了进去，大谷露出惊讶的表情，他等的本是高原阳子。我陈述了校长为主的校方意见，传达了希望了解警方目的的意思。大谷难得地西装革履，但看他听我说话的态度，还是和往常一样，没让人觉得有多严肃。

“我明白你的意思。”听完我的话，大谷从西服内袋掏出一张纸，“这是昨天从训导处小田老师那儿得到的资料，上面列的名单是这三年内受到勒令退学或停学处分的学生。”

“那就是黑名单了。”看看那张纸，上面列着十九个学生的姓名，已经毕业的学生占了将近一半。

“这只是参考材料。我也不希望用这样的方式。”

可若不去关注这些材料，这警察怕是也白当了。我无法反驳，也不能同意，只有沉默。

“我们也想用一般的调查手段，即追查被害者的行踪、寻找目击者，但从这些方面找不出一点头绪，而犯罪嫌疑人无疑在学校里，实在让人着急。”大谷的语气难得地有点焦急，大概半是因为调查没有进展，半是急于从高原阳子口中问出些什么。

“女人那条线怎样了？”我想起他昨天说的话，“你说过要找村桥老师的恋人。”

大谷轻描淡写地说了句“啊，那个呀”，接着说：“调查过了，不，应该说目前还在调查。我们调查过村桥老师身边的女子，还没发现哪个像他的恋人。”

“女老师也查过了？”话一出口，我就后悔自己说得太具体了。

大谷果然很感兴趣地看着我：“你有什么线索吗？”

“完全没有。只是因为教师和教师结婚的情况为数不少。”我答得很勉强。麻生恭子仅是假设，还没到说出来的时候。

“没错，要说年轻女教师，学校里也有几个，昨天我们调查过了，结果全部否定。”

“也许有人在说谎。”

“当然有那种可能性，但她们都与此案无关。”

“为什么？”

“在我们推测的作案时间里，她们的行动都很清楚，有的去常去的咖啡店，有的指导英语会话社学生，其他人也都有证人。”

原来如此。我忘了麻生恭子是英语会话社顾问，听说那个社团很活跃，常常勤奋练习到放学。这么说，她不可能行凶……我的推测瞬间倒塌。

大谷又道：“我们以后还会继续调查村桥老师的异性关系，但只盯着这一点可能会迷失方向，还得关注其他可能性。”

“所以盯上了高原？”

我的语气有点冷淡，大谷看起来并不在意：“高原……是最近才受惩罚的学生，受罚的原因是抽烟，而当场抓到她的正是村桥老师。”

“这个确实没错，可就为这点事难道会……”

大谷一脸意外地看着我，嘴角浮出平常那种令人捉摸不透的笑：“看来你是不知道了。村桥老师发现她抽烟后，对她进行了体罚。”

“体罚……”我的确第一次听说。就教育方针来说，体罚是被禁止的。

“是这个。”大谷抓住自己油乎乎的头发，“她被带到保健室，引以为豪的黑发强行被剪。这件事比停课处罚更让她怀恨在心，曾说过‘想杀了他’。”

我不禁在心里叫了一声。阳子复学那天，确实剪了短发，原来那不是改变形象，而是被村桥剪的。

但这警察是什么时候、从哪儿得到这情报的呢？听他的语气，好像是从阳子的朋友那儿问来的，他居然能在这么短的时间内得知连我都不知道的内幕，我再次觉得这人有些可怕。

“可只凭一点还不能……”

“不光只有这一点。”大谷靠着沙发，叼上一支烟，“你认识一个叫川村洋一的吗？”

“川村？”看着随着他开口而上下抖动的烟，我摇摇头。

“高原的朋友，骑着摩托车。”

“哦……”我眼前浮现出昨天在月台上见到的情景。阳子和年轻男人，还有白色轿车……

大谷像是等着看我的反应，点上烟，见机行事。“川村是R街那家修理厂老板的儿子，也不上学，每天游手好闲，听说是在摩托车行认识了高原，也不知是谁先搭的话。”

“你想说什么？”我想说得强硬点，却很清楚自己底气不足。

大谷直起身，往前探出那张浅黑色的脸：“修理厂里有氰化物溶液。”

“那……”我不能说“那又怎样”。

“氰化物保管得很严，但川村要拿点出来还是很容易。”

“难道你认为是高原让他干的？”

“得看情况。我只是在说事实，至于是否和此案有关，现在还不能判断。”他吐出白色的烟，“能让我见高原阳子吗？”

我看着他的脸。他锐利的眼睛如警犬一般。“你想问她什么？”

这句话意味着答应了警察的要求，他的眼神温和了一点。“不在场证明，还有另外两三个问题。”

“不在场证明……”我试着说了一遍，顿时有了真切的感觉。真没想到自己会直接听到真正的刑警说出这个词，没错，这不是在做梦。

我的声音沉着下来：“有两个条件，一是我陪同在场，当然，会保持沉默；二是暂时别让校方知道她骑摩托车的事，如果证明她是凶手则另当别论……”

大谷好像并没在听，只茫然盯着自己吐出的烟飘在空中，过了一会儿才开口：“我原以为前岛老师你挺冷酷的呢。”

“什么？”我反问。

“行，我答应你的条件。”

我回到办公室，向松崎和长谷说明经过，然后和他们一起去了校长室。栗原校长满面愁容地听完我的话，喃喃自语：“这也是不得已啊。”

虽正上着第四节课，长谷还是去叫高原阳子了。光是想到用什么理由叫她出来，我的心情就沉重起来。

五六分钟后，长谷带着阳子走进办公室。她双目微睁，看着地面，双唇紧闭，走到我和松崎面前时仍面无表情。

长谷把她交给我，我马上带她走出办公室，前往会客室。她隔着两三米跟在我身后。进会客室前，我对她说：“只要实话实说就行。”她连头也没点一下。

面对大谷，她冷漠的表情也丝毫没变，挺直着腰，视线盯着他的胸口。大谷像是预料到她会有这种反应，开始问想好的问题：“就开门见山了，能说说你前天放学后的行动吗？”

大谷的语气轻松得像在聊天，阳子却语气沉重，答话时全不看我一眼。

她说，前天放学后直接回家了。

“到家是什么时候？”

“四点左右……”

阳子家离S车站只有四站路程，在车站附近。学校的课程和课外活动约三点半结束，说四点到家很妥当。

“和谁一起回去的？还是……”

“一个人。”

大谷像在确认是否有人能证明她的行动，问她在电车里有没有碰到什么人？车站呢？家门口呢？阳子总算说出两个证人的名字，是住在她家隔壁的老夫妇。她说回家时同他们打了招呼。

“回家以后呢？”

“没干什么……待在自己房间里。”

“一直？”

“是的。”

“你说谎。”

啊？我抬起头，见阳子变了脸色。大谷不动声色：“有人于五点左右看见你在校园里，是某社团的一个学生，她确定是你。问题是你当时所在的地点，就在那个更衣室附近。”

我哑然。刚才他没提及此事，看来是打算拿它作为杀手锏。没想到居然还有那种目击者。

“怎样？你回家后又来过一次学校，对吧？”大谷语气柔和，大概在努力制造让她开口的气氛，但他的目光并不柔和，是猎犬的眼神、警察的眼神。

我看看阳子。她双眼圆睁，盯着桌上的某处，身体僵硬得像洋娃娃。过了一会儿，她动了动嘴唇：“回家后……发现忘了东西，就回学校来拿。”

“哦……忘了东西，是什么？”

“学生手册。放在抽屉里……”阳子声音微弱，有点语无伦次。

我帮不了她，只是注视着。

大谷加重了语气：“学生手册？这不需要特地回来拿吧。”他大概觉得自己只差一步就能抓到猎物了。

但这时阳子却缓过来了似的坐直身子，慢慢地说：“学生手册里夹着摩托车驾驶证，我不想被人发现，就回学校来拿。”

如果这是现编的谎言，我不得不惊叹阳子反应之快。这滴水不漏的解释同时也回答了为什么要隐瞒回家后又到学校这一疑问。

大谷一瞬间也怔住了，但立刻将话锋一转：“也是，骑摩托车违反校规嘛。那能告诉我你为什么会在更衣室附近吗？”

“更衣室……我只是路过。”

“只是路过？好吧，后来呢？”

“我就回家了。”

“什么时候走的？几时到家？”

“离开学校是五点过后，到家是五点半左右。”

“有人能证明吗？”

“没有……”

阳子没有确凿的不在场证明。大谷看起来像是认为一切如己所料，心满意足地不时在记事本上做笔记。

之后的问题几乎全和川村洋一有关，什么程度的朋友、是否去过川村家等等。很明显，大谷是在试探拿出氰化物的可能性。

阳子称自己和川村洋一没什么交情，最近刚认识，只是一般的来往。大谷不以为然地点着头，我想他不相信阳子。

“谢谢你，很有参考价值。”大谷煞有介事地点头致意，把脸转向我，示意已经问完。我跟着阳子站起身。

“啊，等等。”阳子伸手开门时，大谷大声说。她一回头，大谷带着一丝笑容问道：“村桥老师死了，你是什么心情？”

突然被问到这种问题，不可能马上回答。她正想开口，大谷又说：“啊，不用了不用了，我只是随口问问。”

我真想吼一声：别太过分了！

走出会客室，阳子一言未发就回教室去了。她的背影像是在向我抗议，我也没能开口叫她。

我去了校长室，将谈话内容告诉校长、松崎和长谷。我说了她在和骑摩托车的朋友来往，但没说她自己也骑。他们三人似乎也没想到这一点。

“不在场证明不确定？”长谷叹着气说。

“这种事能弄清倒稀奇了。”我说的是真心话，听起来却像是自我安慰。没有人点头。

“总之只好任由事态发展了。”沉默良久后，校长说。这句话算是今天的结论。

松崎和长谷走了，校长要我留下，叫我坐在沙发上。

“你怎么想？”校长边拉过烟灰缸边问。

“您的意思是……”

“高原是凶手吗？”

“不知道。”

“你不是说有人想杀你吗？你觉得高原恨过你吗？”

“也不能说没有。”

“因为是老师嘛。”校长理解似的点了好几下头，点上烟，“你对警察说了有人想杀你？”

“没有，最近没发生什么，我想再看看情形。”

“唔，也许只是心理作用。”

“不是。”

我沉默着想象，如果现在说要告诉警察，校长会有什么反应。大概会软硬兼施来阻止我吧。因为，目前只是“也许是杀人事件的事件”，若我说出来，情况就不同了。

走出校长室，课外活动已经结束，学生们开始离校。虽然心情不好，可这种日子早早回家也解决不了什么，我便想去射箭社看看。星期六我一向很少去那里。

没带便当，我准备到校外吃饭。车站前饭馆很多。

出校门约走了五十米，左边岔路闪出一个人影，最先看到的是那人的深色墨镜。他来到我身边，低声说：“你来一下，阳子找你。”我马上明白了，是那个骑摩托车的家伙。

我本想说“有事让她自己来”，但觉得在路上争吵不好，就跟着他走。路上，我问：“你叫川村洋一？”他停了一下，头也不回地继续前行。我只隔着头盔见过他的脸，但对他的声音还有点印象。

从大路拐到岔路，大概走了一百米，来到一块约十平方米的空地。旁边是个工厂，有切割机和车床的声音。这片空地看样子是工厂堆放废料用的。

三辆摩托车像忠实的马一样并排在那儿，旁边有两个年轻人坐在装废料的木箱上抽烟。

“带来啦！”川村话音刚落，那两人就站了起来。一个将头发染成红色，另一个没有眉毛，两人身高都和我相仿。

“高原好像没来嘛。”我看看四周，并不觉得特别惊讶。想来她不会以这种方式找我，跟着过来只是想知道这些年轻人找我有什么事。

“阳子不会来的。”川村说着一下抓住我的衣领。他比我矮将近十厘米，几乎是举着手，“你的做法真卑鄙！”

“你在说什么？”衣领被抓住让我很不舒服。这时，红头发绕到我右边，没眉毛绕到左边。

“别装傻了，你大放厥词，跟警察说是阳子杀了那家伙。”

“不是我。”

“撒谎！”川村松开了手，紧接的瞬间，我右脚被绊，整个人趴倒在地，接着左腹又挨了狠命一脚，顿时仰面朝天。突袭让我一下子喘不过气来。

“警察找过我了。除了你还会有谁知道我？”

“那个……”我想解释，但胸口挨了没眉毛一脚，出不了声。我捂着肚子蹲着，川村用靴子后跟朝我后脑勺踢来。

“阳子怎么就成了凶手？把麻烦全推到坏学生身上就行了，对吧？”

“你倒是说话呀！”

没眉毛和红头发边踢我的头和肚子边叫嚷。工厂里的机器声和他们的声音混在一起飞进脑中，我一阵耳鸣。

这时，传来轻微的女人声音，不知说了什么，那声音让他们停止了攻击。

“阳子……”

听川村这么叫，我仰起脸，看见高原阳子正一脸愤怒地走近。

“怎么回事？谁让你们这么干啦？”

“这家伙可把你出卖给警察了呀。”

“不是我。”我忍住全身疼痛站起来，脖子重得令我简直无法保持身体平衡，“警察跟踪了高原，接着找到了她的摩托车友。”

“胡扯！”

“是真的。昨天你不是和高原在S车站附近吗？我看见一辆白色轿车跟在你们后面。”

川村和阳子互相看了看，似乎发觉我说的是事实。

“可……不是因为这家伙揭发了你，警察才会跟踪的吗？”

“跟警察说的是训导处的家伙，和这人无关。”

川村说不出话了，虽戴着墨镜，还是能看出他脸上的狼狈。

“什么呀洋一，不是你说的那回事嘛。”没眉毛说。红头发也无聊地踢着石头。两人都没看我。

“你们也不要听风就是雨，如果有事找你们帮忙，我会直接说的。”阳子道。

没眉毛和红头发愣了愣，骑上摩托车扬长而去，刺耳的噪音刺激着我的伤处。

“你也走吧，剩下来是我的事。”

“可……”

“我最烦别人啰唆。”

川村无奈地叹口气，走向摩托车，猛地踩下油门，从我和阳子之间驶过。

工厂的废料场只剩下阳子和我。

“你怎么会知道这儿？他们是瞒着你把我带到这儿的吧？”我揉着脖子问。挨踢的地方还火辣辣地疼。

“在车站附近无意中听见的，有人说前岛老师被小混混带走了，我就知道一定是这里，他们经常在这儿聚集。”阳子依然望着别处，“我为同伴干的事向你道歉，对不起。”

“没关系。可你打算和那些家伙来往到什么时候？还是早点离开他们为好。”

阳子摇了摇头，一副不愿听说教的表情：“不要管我，跟老师你没关系，不是吗？”

说完，她又像上次那样跑开了。我也只是像上次那样，目送着她的背影。

3

九月十七日，星期二，早上就开始下雨。撑着伞走路有点阴郁，这天却幸好打了伞，才不致被人看到我的脸。在电车上，我始终低着头。

“你的脸怎么了？”一进办公室就碰见了藤本。他的嗓门很大，令旁边几个人也都朝我看来。

“昨天骑自行车摔了，真够倒霉的。”

我摁了摁脸上贴的止痛膏，那是星期六的后遗症。昨天是敬老节，补休一天，连着歇了两天，脸上的肿块已经好些了。藤本面露怀疑，但只说了句“保重”，没有追问。

每周开始的第一节课是班会，对于没当班主任的我来说算是空闲时间。我忍着伤口的疼痛，皱眉准备下一节课。其实只是装装样子，心里想的是村桥的命案。

大谷认为凶手在学生里面，嫌疑最大的大概是高原阳子。她确实恨村桥，恨得想杀了他，她还有可能拿到氰化物溶液，不在场证明又不明确，最糟糕的证据是那天有目击者在更衣室附近见过她。如果大谷能解开密室之谜，并和阳子联系在一起，那她会立刻变成重大嫌疑对象。

老实说，我无法判断。阳子身上那种悲怆让人觉得她有可能做那样决绝的事，可她的幼稚又让人觉得根本不可能。把性格和可能性联系在一起也许不可靠……

要说可能性，我倒认为麻生恭子更有可能。但她和村桥是否有特殊关系这一点还没弄清楚，再说她有不在现场证明，大谷等人似乎一开始就已将她排除。

正这么胡思乱想，门突然开了，吓了我一跳。定睛一看，一个学生正向屋内张望。是三年级A班的北条雅美，好像是在找人，一看到我就立刻朝我走来。

“找谁？”我问，同时想着第一节课应该还没结束。

“找您，我有事找前岛老师您。”她的声音低沉得和年龄不符，但很有穿透力。我觉得自己有点被这声音压倒了。

“找我？”

“我对上次事件的处置有不理解的地方，问了班主任森山老师，他说前岛老师对这件事最清楚，经他同意我就找您来了。”北条雅美说话的语调像是在背诵文章，若光听语句简直像军人。我想起她是剑道社主力。

看样子，其他老师是把事件的残局全推给我来收拾了，虽然这也是事出有因。

“我也不是什么都知道，如果是我能回答的可以告诉你。你想问什么？”

我让她在旁边的椅子上坐下，她不坐，开口说：“星期六放学后，我看见了警察。”

我心想：她这种语气，其他学生大概是学不来的。“那天警察确实来过，怎么了？”

“听说高原被盘问了？”

“嗯……只不过是了解情况，不是盘问。”

她不理会我的更正，语气强硬地问：“是校方说高原可疑吗？”

“没说她可疑。只是警察要受到退学或停学处分者的名单，学校提供了而已。这事训导处的小田老师清楚。”

“好，这件事我会问小田老师。”

“你去问吧。”她的咄咄逼人让我招架不住。

“对了，听说前岛老师在高原被问时陪在旁边，有什么证明她可疑的物证吗？”

“没有。”

“那就是说，不明不白地就让警察见了高原。”

我明白她那挑衅态度的意思，答道：“当时，我们也很犹豫是否该让警察见她，但警察的推测自有道理，而且表示只问不在场证明，所以才同意了。”

“可她没有不在场证明。”

“你很清楚呀。”

“我可以想象。您知道星期六放学后，警察在校园里四处走动吗？”

当时我正被那些骑摩托车的人围住。我摇摇头。

“听说警察去过排球社和篮球社，四处查问有没有人把女职员更衣室的钥匙借给高原阳子。”

不出所料，大谷把解开密室之谜视为关键。如果阳子真的借过钥匙，就意味着她可能另行配了钥匙。

“结果呢？”我有些不安。

“顾问和队员们都说没借过。我有朋友在排球社，是她告诉我的……”

“是吗？”老实说，我暂时松了一口气。

可眼前的北条雅美表情并不轻松，有些阴郁。我用询问的眼神看看她，她的语调还是那么干脆，但听得出是在控制着感情：“警察那种行动让大家看高原的眼神变了，那是一种看罪犯的眼神。今后即使洗清了她的嫌疑，也很难改变大家看她的目光。所以我要抗议，为什么不限制警察的行动？为什么轻易让高原去见警察？为什么让警察看退学、停学学生名单？信任学生是前提，我很遗憾，这前提已经不存在了。”

北条雅美的话一句一字都像尖锐的针一样直刺我的心，我想辩解，但说什么都苍白无力，唯有沉默。

“我要说的就是这件事。”她轻轻点头致意，转身朝门口走了两三步，又回过头来，脸上难得地泛起红晕，“我和阳子从初中开始就是好朋友，我一定会证明她的清白！”

听着第一节课结束的铃声，我目送她走远。

“哦？有这种事？”惠子一边用尺子给我量尺寸一边说，动作相当熟练。她说要给我量尺寸做化装游行用的小丑服，午休时我就去了射箭社活动室。

“北条说得真不留情面，虽然她的话没错。”

“我第一次听说北条和高原是好朋友。”

“她们的家离得近，好像初中就是同学。听说高原学坏后才疏远了她……”

“这么说是北条在继续维持友情。”

惠子量着我的胸围。我忍着痒，像个稻草人似的站着。

“为什么要扮小丑？我看起来适合演丑角？”

体育节是下星期日。校园内的气氛已逐渐热烈起来，这次的大戏是化装游行，各个社团好像都在精心准备。

“别发牢骚了。据我所知，藤本老师要男扮女装呢。哪个好点？”

“哪个都不好。”

“对观众来说还是小丑好。”惠子一边给我打气，一边量完尺寸，“化妆品也由我们准备，你只要当天不迟到就行了。”

"我什么都不用准备？"

"作好心理准备就行。"惠子把我的尺寸写在笔记本上，轻松地说。

我穿上外衣，正准备出去，撞上了正要进门的队员，是一年级的宫坂惠美。见到她手上拿着一升装的大酒瓶，我问："怎么，中午就打算开宴会？"

惠美不答，只微笑着缩了缩脖子。屋里传来惠子的声音："那是老师你的道具之一，不是说过，你要扮演拎着大酒瓶、喝得烂醉的小丑吗？"

"我要拿这个？"

"是啊，你不喜欢？"惠子走过来，从惠美手中接过酒瓶，做出喝酒的姿势，"一定很出彩。"

"谁知道呢。"

我拿过酒瓶，上面贴着"越乃寒梅"的商标，是新潟产的名酒。想象自己扮成小丑对着酒瓶猛灌的样子，走路大概也得摇摇晃晃。

我不禁对惠子说："喂，到时候要把我的脸刷得让人家认不出。"

惠子使劲点头："那当然！"

4

九月十九日，星期四。

星期二、星期三很难得地平安无事。警察不见踪影，校园里接二连三摆出体育节的吉祥物，清华女中似乎恢复了正常。

村桥原来担任的课也已分配完毕。我接了三年级 A 班的课，课程比以前紧了，但也无可奈何。训导主任由小田接任。

对于村桥离世的反应，学生也好，教师也好，都同样在变淡薄。只不过短短几天，一个人已被完全抹掉。这让我重新思考自己存在的价值。

然而，我注意到在村桥死后，有一个人变了。也许是因为我另眼相看才觉得引人注目，但她的变化实在明显。

那就是麻生恭子。

她在办公桌前发呆的时候多了，还常常出错，有时差点忘记上课，有时把试卷放在那儿忘了拿走，以前她不可能出这些差错。她那自信得近乎傲慢的眼神，最近也变得有些茫然无助。

这些变化都发生在村桥死后，我确信其中一定有什么。可究竟是什么，却怎么也想不出头绪。

最善意的想法是：她和村桥是恋人关系，因村桥的死受了刺激——这种情况的关键是她对村桥有几分真心。可从她的个性来说，怎么也不像会认真考虑和村桥结婚，何况前些日子栗原校长提出了儿子贵和与她的亲事，照理说，村桥死了她应该称心才对。

这样又回到那个假设——麻生恭子是凶手，对我来说，这是最合乎情理的推测。可她不是，她有完美的不在场证明，无可怀疑。

且慢！我抬头看看她那边。她还在一脸严肃地改试卷。

是否可能有同谋？假如恨村桥的另有其人，不就有可能了吗？

不，还是不行，我轻轻摇头。要是同谋杀人，麻生恭子也得“分担”任务，但村桥遇害时，她正在指导英语会话社。若她只负责弄毒药、把村桥叫到更衣室，从主犯的角度来看，任务的分配也太不均匀了。

我得出的结论是：要使同谋这一假设成立，必须有一个听令于麻生恭子的人。

事实上真有这样的人吗？很遗憾，对此我完全没有线索。

正觉得推理无法再往前进行时，第四节课开始的铃声响了。麻生恭子站了起来，我也跟着起身。这节是三年级A班的课，是我接替村桥给这个班上的第一次课。走在走廊上，心里有一点紧张，我深切地体会到自己不适合当老师。

大概是上课铃刚响过，老师都还没来，走过三年级B班和C班门前时，我听到热闹的说话声。我苦笑着想，即使大考临近，她们和一、二年级的学生也没什么两样。转过走廊拐角，顿时安静了下来，教室门前挂着三年级A班的牌子。果然是毕业年级里最好的一个班。

上课时，这种印象也没变。学生们对老师讲解的反应完全不同，既专注又迅速，做题目也有毅力，很扎实。从这些方面看，我不得不承认村桥对她们的影响很大。但今天北条雅美并不显得出色，听讲时脸上的表情明显缺乏注意力，蓦地问她一个稍难的问题，回答也不尽如人意。

难道因为面对的不是村桥，就没了斗志吗？事实上我完全想错了。意识到这一点是在课上到一半，无意间瞥见她笔记本的时候。

本子上画着长方形的图，平时这也没什么，但这时我敏感地明白了那图的意义。

那是更衣室的草图，还画着男用和女用两个入口。北条雅美在利用数学课思考密室之谜。图旁潦草地写着些什么，我瞥见其中一句“关键有两个”时，她似乎觉察到了我的视线，立刻合上笔记本。

关键有两个……

是什么意思？是解开密室之谜的要点之一，还是没多大意义的文字？正因为她不是别人，是北条雅美，我不由得在意起来，结果后半节课比她还心不在焉。

午休时间吃饭时也是这样，反复念叨着“关键有两个、关键有两个”，不时停下筷子，结果比平常多花了一倍时间才吃完。

吃完饭，我想，回头去问她本人吧，年轻、有弹性的头脑有时会超乎我们大人的想象。但计划被打乱了，饭后，我像往常一样看着报纸，松崎过来告诉我大谷来了，让我马上去会客室。听他的语气，好像我本就该去。

“今天又是什么事？”

“这……会是什么呢？”松崎好像根本没想过这问题。

进了会客室，大谷正站在窗边看着操场。他的背影仿佛没了往常那种咄咄逼人的气势，我有些纳罕。

“这儿的风景真不错。”大谷说着在沙发上坐下。他的表情一点也不轻松，看起来简直有些灰心。

“查出什么了？”我催促似的主动问。

果然，大谷脸上浮出苦笑。“可以说查出了点东西……”他顿了顿，“高原阳子今天来上学了吗？”

“来了呀。有事找她？”

“也没什么大事……只是想确认她的不在场证明。”

“不在场证明？”我反问，“这话真是奇怪。她不是没有不在场证明吗？既然没有，怎么确认？”

大谷挠挠头，嘟哝了一句：“该怎么解释呢。”

“她在四点之前有不在场证明，对吧？她说放学后立刻回家，和邻居打过招呼。事实上，据调查结果我们判断，这个时间段非常重要。”

“四点左右？”

“应该是放学后不久……”大谷的语气很凝重，好像是调查过程中出现了意料之外的结果，“总之，能让我见高原阳子吗？情况到时候我再解释。”

“知道了。”

我很想知道大谷查出了什么，但觉得还是和高原阳子当面对质更好，就毫不犹豫地站了起来。

回到办公室，我向长谷说明情况。他不安地问：“那个警察不会是找到高原是凶手的确凿证据了吧？”

“不，不像是那样。”我告诉他，从警察的神态来看，好像事态发展有了点变化。

长谷仍然一脸担心：“我去叫高原。”说着就出去了。

我坐在会客室的沙发上等着阳子。想到和大谷面面相觑会尴尬，我带了报纸过来。大谷像刚才一样站在窗边，看着外面学生的动静。

大约过了十分钟，走廊那边传来吵嚷声，是女学生和男人的声音，仔细一听，男的像是长谷，那女学生呢……

我正猜测，有人使劲敲门。

“请进。”

话音未落，门已被用力打开。进来的不是高原阳子，而是北条雅美。后面追过来的是长谷，他后面站着阳子。

“到底怎么了？”我问长谷。

他刚说了声“这个……”，就被北条雅美的声音盖住了：“我正式抗议来了！”

“抗议？怎么回事？”我问。

她转着大大的眼珠，看了大谷一眼，语气坚决地说：“我会证明高原无罪。”

她的脸眼看着越来越红。屋里的气氛紧张起来。

“哦？这可真有意思。”大谷从窗边走过来，在沙发上稳稳坐下，“能说来听听吗？你怎么证明？”

面对真正的警察，北条雅美也变得表情僵硬，但她真是好样的，毫不畏缩、清清楚楚地回答：“我会给你们解开密室之谜，听完你就知道，高原是清白的。”

第四章

1

室内一片沉默，只听见操场上学生们的声音。从我额角渗出的汗爬过太阳穴流了下来。天气并不热，怎么会出汗呢？

北条雅美盯着我，一动不动。不到十秒钟吧，感觉有几分钟那么长。

雅美终于打破沉默："我来解开密室之谜，证明高原无罪。"她说的每一个字仿佛都经过斟酌，听起来像在下定决心。

"先……"我总算能出声了，有点沙哑，"先坐下吧，慢慢说。"

"是啊，站在这儿吵闹，其他学生会觉得奇怪。"长谷推着北条雅美走进来，阳子也跟了过来。

阳子关上门，北条雅美没有坐下的意思。她咬着唇，倔犟的大眼睛一直盯着大谷。

大谷像回应这目光似的开口了："你说已经解开密室之谜？"

雅美仍盯着他，点点头。

“你为什么这么做？你和案件有什么关系？”

雅美瞥了阳子一眼，回答：“因为我相信阳子……不，高原是无辜的。她根本干不了杀人那种事。我想，如果能解开密室之谜，就能弄清什么……就算弄不清楚，也可能有机会洗清她的嫌疑。”

阳子只是低着头。我看不清她的表情。

四周又是一阵短暂的沉默，几乎让人透不过气来。我刚想说点什么，听见“呼”的一声，是大谷在深深叹气。他似乎觉得很可笑，边笑边抬头看我：“真叫人难堪啊，前岛老师，折磨了我这么久的密室之谜好像被这位同学解开了，这下子要说我们是吃干饭的也没办法了。”

我不知道自己该露出什么表情、该对大谷说什么，只好问雅美：“你真的解开了？”

她直盯着我：“解开了，我打算现在在这里对大家解释。”

“是吗……”坦白说，我不知该怎么处理。北条雅美插进来，形势似乎在急剧变化。不管怎样，先听听她的话吧。

我看着大谷：“你能听她说说吗？”

他放下跷着的二郎腿，语气难得地严肃：“是不得不听了。但还是去现场解谜吧，那样是否与事实相符就能一目了然。”

大谷站起身。雅美直视着他，虽然眼神有点紧张，还是盯着不放。相反，我和长谷倒显得慌张。

走出教学楼，太阳不知何时已钻进云层，天空开始下起细雨。我们踩着微微潮湿的杂草，默默走过体育馆后面。馆内传出学生的喊叫声，以及球鞋和地板的摩擦声。毛玻璃窗关着，不知道在进行什么比赛。

来到更衣室门前，大家以北条雅美为中心站成半圆形，堀老师也来了——这是雅美要求的。

雅美看了更衣室良久，转过头来，像要开始表演似的说："现在开始。这间更衣室有男女两个出入口。室内虽然隔开，但如大家所知，隔墙上方可以爬过去，因此，实际上可以说有两条路。"

语调很流畅，一定是在脑子里反复了很多次，有足够把握后才站在这儿挑战。她就是这样的女孩。

"但是，"她提高声调，指着男更衣室入口说，"男更衣室的门从里面用木棍顶住，凶手无法从这里出去，只能从女更衣室入口逃走，但那边的门上了锁。"

雅美边说边绕到后面，站在女更衣室入口前。我们跟在后面。这一幕在不知情的人看来，一定是奇怪的情景。

"钥匙一直带在堀老师身上。那么，凶手是怎么把锁打开的呢？最有可能的是自配钥匙。我想请教警察先生……"雅美看着大谷，"关于配钥匙，我想警方应该已经充分调查过了，结果怎样？"

突然被点名，大谷好像吃了一惊，但马上镇定下来，苦笑着回答："很遗憾，毫无线索。我们认为凶手没有配钥匙的机会，调查了市内所有的锁店，也一无所获。"

"想来也是。"雅美很自信地说，"那凶手究竟是怎么开的锁呢？我照着自己的思路去想，甚至上课时也满脑子都是这件事，终于得出了一个结论。"她环顾众人一圈，那样子让人想起她参加辩论比赛时的情景，"就是，门本来就没上锁，凶手根本不用打开。"

“不可能！”站在我身旁的堀老师大声说，“我明明锁上了。上锁是我的习惯，不可能忘记。”

“老师认为是锁了，但事实上并没锁。”

堀老师想出语训斥，我制止了她，问：“怎么回事？难道锁有什么机关？”

雅美摇摇头回答：“如果有机关，警察早就查出来了。不用机关也有办法。”

她从手里拿着的纸袋中取出一把锁，是她刚才去传达室借来的。

“这把锁和当时用的那把一样，现在，和当时一样，假设在堀老师来到之前，这把锁挂在门上。”说着，她把锁扣在门上的扣环，咔嗒一下锁上，“这时，男更衣室当然能进出。现在堀老师带着钥匙来了。”

雅美把钥匙递给堀老师：“假设我是凶手，为了不被您发现，躲在更衣室角落里。”她说着躲在更衣室拐角，只露出头来：“老师，对不起，请您像那天一样把锁打开，走进更衣室。”

堀老师有点犹豫地看着我。

“就照她的话做吧。”我说。

堀老师勉强往前走去。在我们的注视下，她用钥匙将锁打开，取下锁打开门，又把锁挂在门扣环上，进了更衣室。这时雅美走出来，从纸袋里拿出另一把锁，和挂在门上那把一模一样。我不禁“啊”地叫了一声，因为已经明白阴谋是如何完成的。

雅美取下挂在门扣环上的锁，换上自己手里的锁，然后冲着屋里说：“可以了，请出来把门锁上。”

堀老师一脸诧异地走出来，在众目睽睽下关上门，锁上挂在扣环上的锁。看到这儿，雅美面对大家说："各位都明白了吧？堀老师锁上的并不是原来的锁，而是凶手换掉的锁，真正的锁在凶手手中。"

堀老师一脸莫名其妙，问雅美："这是怎么回事？"雅美又仔细解释了一遍。

堀老师听完佩服地说："原来是这样。我开锁后有个坏习惯，喜欢把锁挂在扣环上，恰好被凶手利用了。"她的表情有点沮丧，大概是认为自己也有一部分责任。

"没错。所以，凶手一定是知道堀老师有这种习惯的人。"雅美的语气透着自信。

"那你是怎么知道的？"大谷问。虽被业余侦探抢了先，他的声音仍出奇地平静。

雅美认真地看着警察，嘴角浮出微笑，慢慢地说："我原来不知道，刚才才明白。但我确信堀老师有这样的习惯，否则，密室之谜绝对无法解开。"

"哦，你可真是料事如神呀。"大谷的话听起来有点讽刺的意思。他接着问："凶手后来的行动是怎么回事呢？"

"接下来就简单了。"雅美说着，拿出另一把钥匙打开门上的锁，"打开锁后，凶手在男更衣室里和村桥老师见面，设法骗他服毒后，用木棍顶住门，再翻墙从女更衣室逃走。当然，这时……"她拿出另一把锁，"门上挂的是原来的锁。这样，更衣室就成了天衣无缝的密室。"

雅美看着大家，像是在问"怎么样"。说穿了实在是很简单的

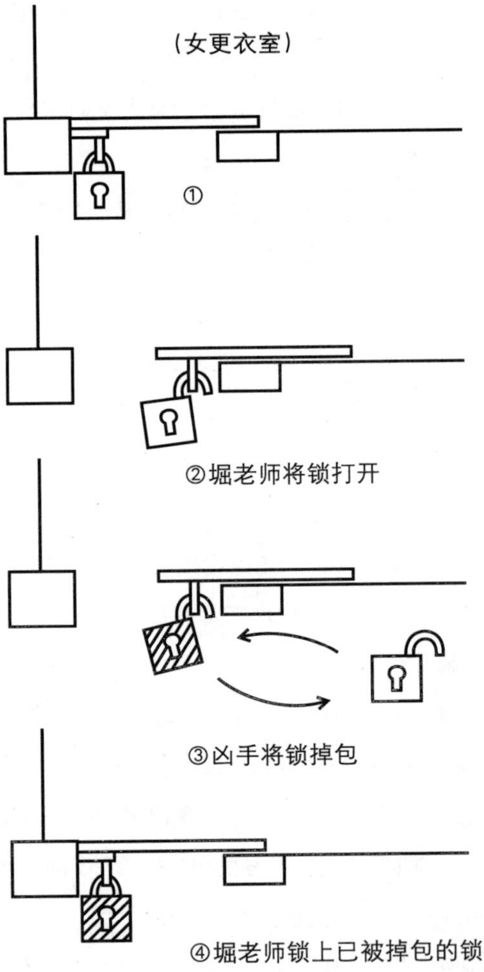
（女更衣室）
①
②堀老师将锁打开
③凶手将锁掉包
④堀老师锁上已被掉包的锁

伎俩,可换了我,三天三夜怕也想不出谜底。“有问题吗？”雅美问。

我举手说：“推理无懈可击，但有证据证明那是事实吗？”

雅美冷静地回答：“没有。但除了刚才所说的办法，我认为这个谜没有其他答案，既然没有其他答案，自然就是正确答案。”

我想反驳，阻止我的人竟是大谷：“虽没直接证据，但有侧面根据。”

我吃了一惊,雅美也惊讶地看着他。他平静地说:“堀老师说过，那天有几个储物柜被弄湿了，没法用，对吧？”

堀老师沉默着点点头。我也记得她说过。

“湿的是门口附近的柜子，所以她只好用里头的。其实这里面隐藏着凶手的诡计。也就是说，对凶手来说，如果堀老师用靠近门口的柜子，会对自己不利。大家知道为什么吗？”

大谷轮番看着每个人，那表情就像等待学生回答的老师。

“我知道,那样换锁时会被堀老师发现。”说话的还是北条雅美。我们顿时恍然大悟。

“没错。因为有这个根据，我认为你的推理正确。”

大谷的反应令我意外，我本以为他一定会反驳。

“如果能理解我的推断……”雅美恢复了严肃的表情，“那么，高原就有不在场证明了吧？”

“当然是这样。”大谷的表情有点冷酷。

我不明白他们俩对话的含意。密室和不在场证明有什么关系？为什么会是“当然”？

“凶手在刚放学后的时间里没有不在场证明。”雅美对包括我在内的不明就里的人解释道，“若想实现密室阴谋，一放学就得潜伏在更衣室附近等堀老师来。但高原……”

雅美看了看一直沉默着站在我们后面的高原阳子。阳子仿佛在听与己无关的故事，盯着雅美。

“高原说她那天放学后直接回家了，还和邻居爷爷奶奶打过招呼。”

“没错。”大谷不动声色，“所以，高原有了不在场证明。但……”他目光锐利地看着雅美，“这仅限于你推理正确的前提下。我承认这种推理相当有说服力，但你过于确定这起案件的罪犯是一个人了。”

“有同谋的可能吗？”我不禁脱口而出。

“不能说没有吧。确实，开会时我们认为单独作案更有可能，毕竟交情再深，也不大可能会帮别人杀人……这也只是以常理来推论。不过……”大谷看着阳子，“据目前的调查，我们不认为高原有那样的朋友，在这个意义上，我为对她的种种不礼貌行为致歉。”

他的语气依然强硬，眼神里却含着诚意。我确信大谷在听雅美解释之前就已解开密室之谜。他今天来的目的是为了求证，还有就是确认阳子的不在场证明。正因如此，他听了雅美的解释后没有一丝惊讶或动摇的表情，相反，还当场提出了“湿储物柜”这个旁证。

“问题在于，是谁把锁掉了包……”大谷声音干涩。

在场的每个人一定都在重新想象谁是凶手。

高原阳子依然沉默不语。

2

北条雅美解开密室之谜那天，放学后我没参加射箭社的训练，直接回了家。事情一定传得沸沸扬扬，也许社里所有人都等着听我细说详情，这让我心烦。再说，为了准备体育节，社团训练从今天起提早结束。往S车站走的路上，我发现回家的学生比平时少了。大概体育节临近，都留在学校训练或准备了。

到了S车站，我像往常一样正要出示月票过检票口，不经意间往售票处那边一瞥，竟看见了大谷的身影。他正看着价目表，在自动售票机前排队。

等他买好车票过检票口时，我叫了他一声。

他挥挥手走过来："刚才多谢了。现在就回家？"

"嗯，今天有点事……你刚从学校出来？"

"唔，还有事要调查……但也不是什么重要的事。"他声音不低，却少了往日的咄咄逼人，也许是怀疑的高原阳子有了不在场证明，让他有些丧气。

他和我走向同一个月台。问了问，中途换车之前我们坐的是同一趟车。

"今天真是难堪，没想到学生竟会解开谜底。"他在月台上慢慢走着，有点不自然地挠挠头。

我不想跟他客套，直接问："你是什么时候注意到那伎俩的？"

他似乎明白了我的心思，生硬的笑容从微黑的脸上消失，但并没说什么。我们沉默地走到月台最边上的长椅坐下。

过了一会儿，他开口了："以前给你看过照片吧？就是掉在更衣室旁边的那把小锁。最近终于查清了。"

"哦……"他一说我想起来了，此前并没怎么在意，"那是怎么回事？"

大谷的微笑有点奇怪："身边的东西往往被人忽略。是追查钥匙这条线索的调查人员弄清楚的。买锁时当然会附带钥匙，而某个牌子的锁附带的钥匙还挂着钥匙圈，包装上就写着'附送钥匙圈'。"

"就是那把锁？"

大谷点头："问题在那把锁上。我们经过仔细调查，发现它和更衣室门上用的锁是一样的。有人准备了相同的锁。这是为什么呢……我们马上联想到是为了掉包。只要将锁和钥匙一同掉包，凶手就可以随心所欲了。但究竟是怎么换的呢？说来夸张，我们真是绞尽脑汁，却百思不得其解，最后才想到，如果光是换锁也许有机会。"

"就是说，在堀老师进更衣室的时候？"

"没错。当然，这得看堀老师开门之后把锁放在哪儿，弄不好这种推测只是竹篮打水。但我和北条一样有信心。"

"是灵感？"

大谷苦笑："没那么酷，真的是绞尽脑汁。再说我手头也有不少材料。"

"材料？"

他点点头："比如女更衣室的一部分储物柜被弄湿这种信息，

有关锁的调查报告也出来了，更衣室我也仔细调查过。即使无法从这些材料中找出解开密室之谜的线索，也可以用来排除种种推测，从各个角度缩小凶手行动和状况的范围，就能掌握大概情形了。”

我想起上次向他提及或许可以从门外用木棍顶住门时，他当场反驳的情形，记得自己当时就佩服他不愧是警察。说起这个，他若无其事地回答：“我们最先调查的就是顶门的木棍。此外，专案组就此案还提出了其他不少意见。”

“哦？会有那么多办法？”我也在冥思苦想，却没想出一种。

“有些算异想天开，也有些具有说服力。第一种说法是自杀，认为村桥老师把更衣室布置成密室后服毒自杀。与这种说法略有不同的看法是，他没打算自杀，只是不知道果汁有毒误喝了下去。”

这种情形我也想过，但有个疑问：村桥为何要在更衣室里顶住门喝果汁？

“是啊。不少人假设是村桥老师自己用木棍顶上门，可这一点仍是个疑问。要说是迫于凶手命令……这也不自然。”

大谷说到这儿，月台广播称电车即将进站。我们暂停谈话站了起来。电车滑进月台。我们上了车，很巧，有两个并排的空座。

落座后，我看看四周，压低嗓门问：“还有什么办法？”

“配制钥匙，还有布置机关，也就是从门外操纵木棍把门顶住。以前我们说过从门缝用线来操作，也有人提到利用通风口，但无论哪种办法，那么长的木棍都无法远距离操作。”

如果木棍超过必要的长度，要用很大力气才能把门顶住，这一点大谷以前说过。

“排除这些可能，我们最终认为凶手是用某种方法从女更衣室进去的。要得出一个结论，必须经历种种迂回曲折，正因如此……”大谷犹豫着打住了。这种沉默不是他的风格，平时，他会在说话时停顿，借此窥探我的反应。

“所以怎样？”我问。

大谷的表情刹那间有点困惑，但马上接道：“北条雅美能发现那种阴谋，我对这一点觉得奇怪，虽然要说纯属偶然也不足为奇……”

我明白大谷的意思，他在怀疑北条雅美。不错，真凶为迷惑警方视线而自曝内情也不是没有的事。我不禁佩服警察就是警察。

大谷来了一句“真要怀疑起来可没完”，又接着说：“但北条有不在场证明。据说那天放学后，她一直在训练场练习剑道，这点其实我刚才调查过了。”

我点头称是，心想，刚开始调查时他一定也怀疑过我。如果我是凶手，惠子是同谋，一开始就不会存在什么密室阴谋。但大谷丝毫没表现出怀疑。大概他早就确认过不在场证明，判断我们是清白的。大家都知道那天我和惠子在射箭社。

“有一件事我弄不明白……”

大谷抱着胳膊，闭着眼睛问：“什么？”

“氰化物溶液。不能从到手途径这条线寻找凶手吗？你说过高原阳子是有途径拿到氰化物的。”

我说，比如可以从调查所有学生家长的职业着手。若能轻易拿到氰化物，很可能和父母的工作有关。

大谷说：“学生家里如果开着镀金厂或修理厂，确实很容易拿到氰化物，当然，这方面我们也正在调查，目前还没什么收获。但我个人认为，很难从氰化物到手途径查出凶手。”

“你的意思是……”

“只是直觉，也不能过于相信。我认为此案的凶手考虑事情相当冷静。用氰化物来杀人，大概是因为用这东西对方不会抵抗，比较不容易失手，也是确信不会露出破绽。换句话说，我想凶手是由于某种特殊原因，偶然得到了氰化物溶液。”

他的意思是：既是偶然，自然没法调查。

“但解开了密室阴谋，就把凶手的范围缩小了。正如刚才北条所言，凶手必须知道堀老师开锁后会把锁挂在门上的习惯动作，才能想出那种办法。这样，放学后经常留在学校的学生，具体说就是参加社团活动的学生最有嫌疑。”

明知我是社团顾问，大谷却轻松得像在聊家常，但他今天的语气里倒没有等着看我反应的讨厌劲。

“这么说，明天开始，调查要集中在社团成员身上了？”

“大概是这样，但……”大谷停住了。感觉上他并非“不能再多说”的意思，而是还没理出头绪，一时无法说清。证明这一点的，是他一直抱着胳膊想着什么，直到下车。

3

九月二十日，早上开始下雨。或许是被雨声吵醒，我比平常早起了十分钟。吃早饭时，裕美子说我平时要是都能早点起床就好了。

翻翻早报，毫无关于此案的报道。对当事人来说那是重大事件，在外人眼中不过是社会新闻中的一条而已。学校里不也正恢复到出事前的样子吗？

我咬着面包，合上报纸问道："最近工作怎样？习惯了吗？"

裕美子有点不自信地回答："嗯，还好。"

今年春天开始，她在附近的超市打零工。家中生活并不拮据，但她说闲着也无聊，就随她了。她在超市做收银员，并没因为劳累而疏于家务，气色反而比以前好了。

只是，自从上班后，我注意到她开始添置衣服和首饰，可能是手头宽裕了，但想到她的性格又不像是这么回事。我觉得意外，但她也没到明显变奢侈的程度，我也就没说什么。

"别弄得太累了，反正也不是非要挣钱。"

"我知道。"裕美子轻声回答。

坐上比平常早一班的电车，车里空得简直让我吃惊。看来每天早起一点就是好，早上的五分钟等于白天的三十分钟。

到S车站时，对面月台也刚好有电车到站，下来一大群女生。和她们一起走到出站口，有人拍了一下我的背："怎么了，这么早？"

听声音就知道是谁，我回过头去："你坐那班车？真早啊。"

说起来，三年来早上还从没在车站碰到过惠子。

"早起的鸟儿有虫吃。昨天怎么啦？没来社里呀。"

她的语气有点冲，引得旁边两三个人朝这边看过来。我注意着周围："我有点事……关于那起事件，昨天有什么传言吗？"

"传言？我不知道呀，是什么？"她惊讶地皱眉。

“在这里不好说……”我推着她走出检票口。

雨仍下个不停。女生们撑着五颜六色的雨伞排队前行，我和惠子走在她们中间。

我告诉惠子昨天解谜的经过。还以为早就传开了，看来并没有。

“真的？北条解开密室之谜了？真厉害！不愧是一等一的才女。”惠子听完后佩服不已，转着雨伞问，“警察也认同她的推理？”

“大体上是，但若查不出凶手，推理只不过是推理。”

“要查出真凶？”

“没错。”

说话间我们到了学校。进了教学楼，我向办公室走去，惠子忽然想起什么似的叫住我，说是要为体育节作准备，让我午休时间去社团活动室一趟。我猜大概是化装游行的事，有点不耐烦地答应：“好吧。”

她调皮地笑了笑。

办公室里的气氛和平常毫无二致。消息灵通的藤本看见我也没凑过来，说明北条雅美解谜的消息还没传开。

我总算松了口气，坐了下来，拉开抽屉，拿出圆珠笔，打算准备第一节课。再次拉开抽屉拿红铅笔时，手停住了。

对了，昨天我没锁抽屉。这两个星期，回家之前我总会把抽屉锁上，因为感觉自己身边有危险。隐身的凶手可能会把掺毒的糖果放进抽屉，也可能设置机关，比如一开抽屉就飞出刀子，不管怎样，我在心理上无法对身边的东西不设防。

昨天却没上锁。原因很简单：我不像原来那么神经质了。

十天前，我走在教学楼旁边时，花盆掉了下来，花盆碎片和泥土在眼前飞散的声音和情景至今还印在脑子里。有时，莫名的不安会变为清晰的恐惧，这种恐惧在村桥被毒杀事件发生时到了极点。下一个会是我吗？——这种担心笼罩着我，以致对事态发展表现出与性格不符的热心和关注。但这两三天，我不得不承认要把村桥事件和自己的事分开思考。听了大谷的分析，也觉得与自己毫不相关，因为在花盆事件之后没再感觉到危险。

我开始觉得，也许一切都是心理作用。

午休时如约去射箭社活动室。雨丝毫没有停的意思，我打着伞到达活动室时，裤脚都溅湿了。惠子、加奈江和宫坂惠美都在那儿。

“天好像漏了个窟窿。”看到我被淋湿，惠子打趣道。

“今天算是没法训练了。”

“正好可以全力准备体育节。”加奈江回答。

我问她为什么这么说，她和惠子对视一眼，道：“天气好的话，不练会觉得可惜，所以体育节的准备工作总没进展。”

“准备工作？看样子很麻烦呀。”我四下看看，表示理解。衣架上挂着用红、蓝布条拼接的花哨衣服、布狮子之类。运动社团不像文化节上的文化社团那样，有机会向其他学生展示自己的存在，所以在例行的体育节团队对抗表演上，每个社团都全力以赴。

但她们还有比赛，有参加县级赛、继而参加全国大赛的目标。两边都不想放弃，可又没时间。加奈江的话真实反映了她们的心情。

“能休息一天，全力准备这些事也不错呀。”惠子说。

她补充说，这可不是一时的自我安慰。

我觉得自己能理解她们的心情。“找我来什么事？还是小丑？”

“没错。没工夫说别的了，惠美，你把那边那个盒子拿过来。”

宫坂惠美拿过一个小纸盒。惠子有点粗鲁地打开盒盖，里面是白瓶子、口红之类。惠子边把东西往桌上放边说：“这是化妆套盒。先用粉底把脸全部涂白，最好连脖子也涂上，然后用眼线笔把眼睛画成十字，最后用口红把嘴唇尽量涂得鲜红，要一直涂到脸颊上，知道吧？最后是鼻子，涂成圆的就行了。”

可能是一说到化妆就显得啰唆，她说得很快，没理睬我的表情。

“等一下，惠子，”我把手掌伸到她面前，“我自己化妆？”我的声音很不争气地有点发抖。

惠子好像很开心：“想帮忙来着，但那天我们会很忙，顾不上，所以请趁现在练习吧。”说着，她在我肩膀上一拍：“老师，加油！”

加奈江拿来镜子摆在我面前。真是用心良苦，镜子一角贴着小丑漫画，像是要我依样画葫芦。

“没办法，试试吧。”我说。

惠子和加奈江高兴地拍手，连文静的宫坂惠美也笑了。

接下来的十来分钟，我对着镜子苦战。涂粉底还好，但眼线笔和口红总用不好，脸上画得一塌糊涂，惠子看不过去，伸手来帮忙。

“到时候可要好好画哟。”惠子用熟练的动作流畅地画上小丑的眼睛和嘴巴，那动作简直太熟练了。

“对了，趁现在拜托老师。”见我的脸慢慢变成小丑，加奈江想起什么似的站了起来，我从镜子里看到她从架上拿下我的弓具盒。

“上次答应过的吧？要送我一支旧箭当吉祥物。可以拿吧？”她从盒里拿出一支黑箭，冲我摇了摇。惠子正往我嘴巴四周涂口红，我只能轻轻点头。

“好，完成啦，这不是很像样吗？”惠子满意地抱着胳膊。

镜子里，我的脸变得像扑克牌上的“杰克”一样，怎么看怎么别扭，大概因为用的是廉价口红，显得有点刺眼。

“别发牢骚了，经过我的完美化妆，没人能认出是老师您啦。”惠子嘟着嘴。这倒是事实，连我都不觉得镜子里的是自己的脸。

“穿上衣服，戴上帽子，就更完美啦。这样就不会不好意思了吧？”

“谁知道？喂，赶紧帮我弄掉，马上要上课了。”

惠子一边打趣道“就这样去上课吧”，一边给我涂上卸妆油，用卸妆纸擦起来。“记住怎么化妆了吧？自己能行吧？”擦完我脸上的粉，惠子还在唠叨。

“不行的话，可以不化妆就这么出场呀。”加奈江一边用白色油笔在箭上写着自己的名字一边说。

“总会有办法的。”我走出屋子，听见她们在后面说“不可靠”。雨总算小了点。

操场一片泥泞，我从体育馆旁边绕道往回走。体育馆屋檐下摆着没完工的体育节吉祥物，有的已经上了颜料基本成形，有的刚在骨架上贴了报纸。两三年前，学生们的作品一眼看上去就知道要做什么，可今年全是没见过的东西，我不由感觉到了年龄的差距。

走出屋檐，正想打伞，我停下了。我看见体育馆后面有个学生。我撑开伞，慢慢走过去。那学生把花伞靠在肩上，一动不动地站着。

走到距她十来米处，我看清了是谁。这时她也发觉有人，回过头来。四目相对，我不禁停下脚步。“你在干什么？”

“……”高原阳子没有回答。她看着我的眼神像是想说些什么，嘴却闭得紧紧的。

“在看更衣室？”

她不答。一定没错。破旧的更衣室在雨中显得更加凄凉。

“更衣室怎么了？”我再次问道。

她的反应不是回答，而是低头快步走开，仿佛没看见我似的从我身旁离开。

“阳子……”我没叫出声，只是在喉间自语。她头也不回，消失在教学楼里。

九月二十一日，星期六，放学后。

我从办公室窗口往操场看，身穿体操服的学生比平常要多得多。二百米跑道上简单画了线，一群学生在练习接力跑，那姿势一看就知道不是田径社成员，是普通学生在为备战明天的体育节而训练。惠子也在其中，她说明天要参加四百米接力赛，大概是初中时练过软式网球，对自己的速度很有信心。

“前岛老师，明天就拜托啦。”我回头一看，身穿运动服的竹井露着一口白牙。

“可别对我抱太大希望，只是发扬一下奥林匹克精神。”

“哪里，我可是拭目以待。”

他说的是明天的比赛。教职员也有接力赛，竹井非让我参加。

“对了，听说你扮小丑？”竹井忍住笑，眼睛却藏不住笑意。

“你也知道了？真惨，看来已经传开了。”

“是啊，几乎没有学生不知道我要扮乞丐。藤本老师男扮女装、堀老师要扮兔女郎，这些本来都是保密才好玩，不知怎么回事大家全知道了。”

“一定是谁泄漏出去了呗。”

“我觉得也是。这样就没什么意思了。”竹井说得挺认真。

之后我去了射箭场，那儿也正忙着准备明天的活动。惠子刚才说过“今天大概没法训练”，看来是说中了。学生们还是优先考虑学校的活动，我也觉得应该这样。

射箭场一角放着那个大酒瓶，那是我明天的道具。在宽敞的射箭场里，那酒瓶看上去感觉很突兀。

“瓶子里面洗干净了？”我问一旁的加奈江。

“当然。”她回答。

抬头看看天空，阴沉沉的有点怪。很遗憾，明天看来会放晴。

4

九月二十二日，星期日。

阴郁的雨停了，夏日般的阳光灿烂地照在操场上，碧空如洗，风干燥又凉爽，真是举办体育节的好日子。

我比平时早三十分钟到了学校，在体育教师专用更衣室换好衣服，马上来到操场。学生们早已忙碌开了，一群人正把那些花了一个多星期才做好的吉祥物搬到精心布置的舞台上，其中一个大家伙有三米多高。

操场边四处可见一群群练习动作的拉拉队，这是二年级学生的任务。还有人在旁边跑步，像是在练习接力赛的接棒。有的开始慢跑热身，还有的专心练习两人三足绑腿跑和多人踩板赛跑。

“放晴了，太好了。”我坐在帐篷下看着跑道发呆，竹井走过来说。他笑逐颜开，最期待体育节的人大概就是他了。

“是啊，这个季节常下雨，我还担心呢。”

“真是太好了。”竹井抬头看天，点了好几下头。

田径社的队员开始在操场上画下白线，作最后准备。热身的学生纷纷散开。

八点三十分，教职员们先在办公室集合，由松崎宣布注意事项，特别提到指导学生时要注意两点：防止受伤，不要让学生疯过头——都是老生常谈。

八点五十分，铃声响起，广播也开始了。离集合时间还有五分钟，广播指示学生到入场处集合。我们也走出办公室。

几分钟后，尘土飞扬，一千两百人的入场式开始了。列队之后照例是校长致辞，内容还是体育精神、训练成果、团队合作这些陈词滥调，连我都要打瞌睡了。

接着由竹井说明比赛规则，他担任裁判长。

全校学生分成八组进行比赛，采用纵式分组，即一、二、三年级的 A 班为一组，B 班为一组，依次类推。这样分组的目的是加强高低年级之间的联系。拉拉队和吉祥物制造组也按这种方式来分组。比赛项目中有一半是接力或短、中距离赛跑，三成是多人踩板赛跑和两人三足绑腿跳绳之类的趣味竞赛，剩下的两成是跳高之类的田赛及创编舞，一共有二十项，每一项必须在十到十五分钟内完成。

“……由于赛程紧凑，希望各位同学严格遵守集合时间，进出场要迅速。”竹井的声音底气十足，他说完后，学生开始做预备操。一千两百个女生活动柔软的身体，散发的热气似乎使初秋的风也变得温暖。

体操结束，所有人散到周长二百米的操场四周。广播里说：“参加百米预赛的选手马上到入场处集合。”播音员是个二年级的学生、体育节执行委员之一。她的声音一起，气氛立刻热烈起来。

我在帐篷角落的椅子上坐下，看着学生们活动。穿着网球服的藤本走过来坐在我身旁。

他盯着入场处，张口来了一句：“学生穿着运动短裤最好看了。”

“网球服不好吗？”

“网球裙？那可不性感，比短裤差远了。”

坐在前面的堀老师回头看了一眼，但藤本毫不在乎。真羡慕他的个性。

“怎么样？已经准备好扮演醉酒小丑啦？”目送着百米选手进场，藤本问。

我叹了口气：“早就投降了，没办法，只有尽力去扮醉鬼。你呢？听说男扮女装博得一片喝彩？”

“你也知道了？奇怪，是谁走漏了消息？应该是机密呀。”

“总会泄漏的，你不也知道我要扮小丑吗？像竹井扮乞丐之类，还没定下来大家就开始津津乐道了。”

“这么一来化装游行的乐趣要减半。”

“竹井也这么说。”

我们正说着，枪声响起，百米跑第一组选手冲了出去，欢呼声如洪水决堤。田赛场里，跳高比赛的试跳也开始了。年轻的身体在跃动，清华女中体育节正式拉开帷幕。

从十点五十五分的四百米接力预赛开始，我在入场处负责点名、组织学生列队。惠子排在后面。看到她时，她嫣然一笑，我也笑了笑。

“老师参加什么项目？”排队等候的空隙，惠子走过来问。我不是藤本，但她裸露在短裤外的修长双腿还是颇具吸引力。一瞬间，集训那晚的情景浮现在眼前。

“我参加教职员接力赛，还有就是当小丑。”我把视线从她腿上移开。

“小丑的事还要商量，午饭后请来一趟社团活动室。”

“活动室？好。”

“一定要来，别忘了。”惠子叮嘱。

这时，四百米接力赛宣告开始，她跑回队伍。

选手们穿过入口进去时，我说了声“加油”，惠子和她前后几个学生看着我回答“好”。

惠子在最后一组。每年级有八个班，分成两组参加预赛，每组取前两名参加决赛。

惠子跑最后一棒，接棒时是第二名，她保住了这个名次。冲过终点后，她举着红色接力棒向我挥舞。

十二点十五分举行教职员接力赛。藤本毕竟年轻，他使出全力，我可不是对手。

“辛苦啦。”回帐篷后，竹井笑脸相迎。他没参加接力赛。

“我不过是藤本的陪衬。”

“哪里，你跑得很棒，宝刀未老。”他先恭维了一番，然后压低嗓门说，“有事和你商量……现在行吗？”

“行啊。”我困惑地点点头。

我一边围着操场走，一边听竹井说。跑道上正要进行四百米接力决赛，惠子应该也会出场。

听完竹井的话，我惊讶地看着他那晒黑的脸，问道：“当真？”

“当然。”他像恶作剧的小孩般笑了，“这是游戏精神。每年才一次，闹一闹有什么关系？”

“可……”

“不合适？”

“倒也不是。”

“那不就行了？”

“不会露馅？”

“放心，看我的。”

听着他热情的语气，我不禁苦笑。不光他的身体，他现在出的主意也让我感觉到朝气蓬勃。回应这份朝气，我对他说：“好吧，我配合。”

四百米接力决赛中，惠子她们得了第二名。队员们一副不甘心的模样，只有惠子一个人在笑，边笑边向我和竹井轻轻挥了挥右手。

午饭时间到了，我像往常一样在办公室吃盒饭。除了大家穿的是运动服，一切和平日没什么两样，但教师们多少有些兴奋，话也多了，说的都是教职员接力赛时藤本脚步之快，还有体育节结束后要去哪里喝两杯等等，谁都不提哪一队会赢。

化装游行的话题也被扯了出来。在旁边吃饭的藤本问我："听说你要扮醉酒小丑，真的要喝酒？"

"怎么会？酒瓶里是水。"

"拼命灌水？"

"没办法呀，她们是那么设计的。怎么想起问这个？"

"刚才在聊这事，顺便问问。"

"哦……"我没再问。

吃过午饭，我照惠子叮嘱，马上去了射箭社活动室。已经来了十几个队员，正对服装和道具作最后检查。活动室前摆着一个约一米见方的大箱子，涂着鲜艳的颜料，像个魔法箱。走近仔细一看，是木头做的，看起来很结实。她们什么时候做了这玩意儿？

"这箱子做得不错吧？"惠子走了过来。她戴着纸做的黑色礼帽，看样子是马戏团团长或魔术师。

"什么时候做的？"

"昨天。你先回去了，是吧？我们找竹井老师给做的。等贴上纸、画好色彩，已经傍晚了。"

"哦……这到底是什么？"我问。

惠子扑哧一笑，反问道："你不知道？"

"不知道才问呀。看起来像是魔术道具箱……"

"眼力不错，"惠子拍手，"问题是箱子里会出来什么东西。猜猜？"

"哦？会有东西出来？从大小来看……"我脑中闪过一个念头。看看惠子，她笑眯眯的。"喂，不会是……"

“没错，就是。”

“别开玩笑，要把我塞在里面？”

“不错。扮魔术师的我喊一、二、三，扮小丑的你从箱子里跳出来，一定很有效果。”

“那是当然了。”我抱着胳膊，故意愁眉苦脸。加奈江和其他队员也笑着走过来。她们都已准备就绪。

“老师，你就死了心钻箱子吧。”加奈江说，“这可是射箭社化装游行的重头戏呢。”

我举手投降：“真拿你们没办法。”

“同意了？”惠子抬头盯着我。

“没辙啊。”

太好了，她们像赢了团体赛似的大叫。惠子笑着拉住我的手：“准备好了就进屋吧，我来说明顺序。”

屋子里散放着五颜六色的艳丽服装，空气中的香味也比平时浓，大概是因为她们带了化妆品。房间角落堆着几个纸盒，惠子拿过其中一个。盒子上用油笔写着“小丑”。

“这里面是小丑的化装道具，有了这些就能变出小丑。”

我边发牢骚说自己没想变成小丑，边打开盒子。先看到的是蓝底、黄色水珠图案的衣服，还有同样花色的帽子，帽子上带着卷卷的黄色毛线，看来是当假发用的。然后是粉底、口红之类的化妆品。

“等最后一个项目创编舞赛结束，我们会借用一年级的教室换衣服，那时你也要找个地方把衣服换好，躲进魔术箱。”

一年级的教室就在入场处旁边。她们大概是想等到最后一刻才亮相。

“我独自打扮？”

“总不能和我们一块儿换衣服吧？我倒是不在乎。”

我嘟囔句“别胡说”，惠子拍拍我的肩膀：“好好打扮，你不是已经练习过怎么化妆了吗？”

“箱子藏在哪里？”

“一年级教室后面。小丑的化装道具和大酒瓶也会放在箱子里。先提醒你，可别随便爬出来让人发现哦。”

她那语气简直让我忘了自己是老师，又不能冲她发牢骚，只好一本正经地说“知道了”。

下午的比赛从一点三十分开始。首先是跳高决赛，然后是瑞典式接力赛①和八百米接力赛。

我到惠子、加奈江所在的B组观战，她们说大概能进前三名。

“你最省心了，不当班主任，哪个班拿冠军都无所谓，对吧？”惠子问。

“差不多，但当班主任的对名次大概也没多大兴趣。你们班主任怎么想？”

“对呀，怎么没看到时田？”惠子说。

加奈江点点头，嘲讽道：“大概在帐篷下拍校长和来宾的马屁呢。”

“人家麻生老师就很积极。看，在那边。”惠子指着拉拉队座

①接力赛形式之一，四名选手分别跑一百、二百、三百、四百米。

位前面。确实是麻生恭子，她把长发扎在脑后，穿着和学生一样的白色体操服，所以不引人注目。

两点十五分举行来宾和教职员的趣味赛跑。规则很简单：途中捡起地上的卡片，找到卡片上指定的人或物，到达终点就行。参赛的都是不能参加接力赛那种激烈运动的人，也就是年纪较大的来宾和教职员。

枪声一响，老教师和家长会成员开始往前跑，有人一捡起卡片马上带着旁边的学生跑，有人大声叫着自己要找的东西，还有人倒霉地被指定要去拿拖把，慌忙向储藏室跑去。

一阵笑声后，一年级学生的三人拉力赛开始。一人坐在轮胎上，由两人用绳子拖着往前跑，这是相当消耗体力的比赛。

“看，惠美出场了。”

我顺着惠子指的方向，看到宫坂惠美坐在轮胎上，两个大个子学生拖着往前跑。她露出雪白的牙齿天真地笑着，让人看着很愉快。

两点四十五分，学生和教职员之间的障碍赛开始前，广播里要求全体三年级学生在入场处集合，开始准备最后一项创编舞。

“要闪亮登场啦。”我有点讽刺。

惠子没搭理，只是叮嘱：“好好打扮啊，可别弄砸了。”

“知道了，别担心。”可惠子走开时，表情仍有点不安。

三点整，三年级学生开始进场，我站起身来。她们在运动场上散开，创编舞音乐响起。听着流水般的旋律，我加快步伐离开。

三点二十分，进行曲响起的同时，播音员说：“今天的压轴戏是各社团的化装比赛，各位知道演员都有谁吗？里面有大家都认识的老师哟。”

最先出场的是幽灵集团、印第安人和骑兵队。爆笑声、彩声四起，压轴戏把清华女中操场的气氛推向高潮。

“接下来出场的是马戏团，由射箭社队员表演。”

随着华丽的音乐和玩具爆竹的爆炸声，十几个人组成的队伍开始进场，她们衣着鲜艳。最前面是驯兽师，一人手里拿着大铁圈，另一个扮成狮子钻圈。接下来是三个紧身衣打扮的，演的是杂技，模仿着走钢丝和空中飞人的动作。然后是一群魔术师，清一色的黑色紧身衣、黑礼服，加上黑色面具。场内一片惊叹。

魔术师们推着一个大魔术箱，看上去似乎暗藏机关，但她们并没有用箱子来表演什么，只是笑容可掬地在跑道上走着。

来到操场正中央，她们停下脚步。一个戴黑色礼帽的魔术师拿着魔杖站在箱子旁，朝着观众四面行礼之后，慢慢举起魔杖："一、二、三！"随着她的喊声，箱盖从里面弹开，穿水珠图案衣服的小丑从箱子里跳了出来。

扩音器里立刻传来播音员的声音："小丑出现了！这小丑到底是谁呢？"

小丑的脸涂得雪白，鼻子和嘴画得鲜红，又戴着帽子，很难看出是谁。但还是有学生私下说："前岛老师还真行呢。"

小丑拿着一升的大酒瓶走着，因为扮的是"喝醉的小丑"，他的脚步踉踉跄跄，东倒西歪，演得惟妙惟肖，场内掌声笑声不断。

戴礼帽的魔术师摆出一副要教训小丑的模样，四处追他，却总抓不住。小丑拿着酒瓶四处躲。他逃到来宾和教职员的帐篷前，鞠了个躬，高举酒瓶，慢慢打开瓶盖，在观众面前开始猛灌，滑稽的模样令来宾们都忍俊不禁。

但紧接的瞬间，奇怪的事发生了。

小丑从嘴边放下酒瓶，突然蹲了下来，接着双手掐着喉咙倒下，手脚乱动，像是在痛苦挣扎。

这时，所有人都以为这是在表演。

我也一样，对“他”充满献身精神的表演心下佩服。

扮演魔术师的惠子也边笑边走近小丑。小丑的手脚不动了，身体在抽搐。

惠子拉住他的手，想让他起来。就在这时，她脸色骤变，放开小丑的手，尖叫着后退。

观众的笑声消失了。

先我一步跑过去的是藤本。他一身裙装，显得很滑稽，但此时谁都无心顾及。

“前岛老师，挺住！”

人们聚集在抱起小丑的藤本四周。我全速跑进人群：“不，那不是我！”

所有人都看着我，大家对眼前乞丐模样的人目瞪口呆。等知道是我之后，大家都倒吸了一口气。

我喘着气叫道：“是竹井老师！”

第五章

1

两个人被杀了。一个是数学老师，另一个是体育老师。我两次遭遇了人的死亡，况且这次是亲眼目睹活生生的人在眼前死去。

不用说，学生们陷入恐慌，有的哭了起来。比起那些哭泣的学生，更让我吃惊的，是很多学生想看尸体。除了部分学生，学校让其他人回家，但很多人不想离开，老师们都很为难。

大谷的表情比以往更难看了，说话语气严厉，指挥手下的态度也明显变得急躁。他也没料到会发生第二起命案。

在来宾的帐篷里，我和大谷又见面了。这次我不是学校的传声筒，而是作为和事件最相关的人来见他。

我简单向大谷说明了事件的始末。虽然不是三言两语能说清的内容，也只好先简单概括。他果然面露怀疑："竹井老师参加了射箭社的化装游行？"

"是。"

"这又是怎么回事？"

"和我换了，本来该我扮小丑。"

大谷似乎还摸不着头脑。

于是我向他解释：上午的教职员接力赛结束后，竹井说有事和我商量，提出要互换角色。他说："你不觉得光是献丑没什么意思吗？既然要玩，那就让学生们大吃一惊。她们都以为扮小丑的是你，如果我们俩换一下，她们一定会目瞪口呆。"

我同意了他提出的游戏——也是为了响应他的活力。

互换角色很简单，因为惠子她们事先叮嘱过，小丑装扮完后，得钻进放在教学楼后面的魔术箱里等着，所以只要在三年级学生表演创编舞时，让竹井扮成小丑，在箱子里等着就行。我替他化了妆，衣服也很合身。我和竹井的脸部轮廓和身材都相似，乍一看还真分不出来。

竹井的乞丐角色自然就由我扮演了。把脸抹脏，穿上破烂衣服，要装成他也不难，只是骗不了和他一起出场的田径社成员。

"你就找个地方藏到最后一刻，临出场前和田径社会合就行，如果被认出来就坦承好了，没准能意外顺利地瞒过去呢。"竹井好像打心底里喜欢这游戏。

就这样，他成功替我扮了小丑。我，大概还有他都没料到，这个游戏会有如此恐怖的结局。

大谷抽了好几根烟听我说完。也许是对当老师的竟会有这种顽童般的行为觉得无语，他的表情很严肃。

“这么说……”他挠挠头，“除了你，谁都不知道扮小丑的是竹井老师？”

“是这样。”

大谷叹了口气，右肘抵在桌上，拳头压住太阳穴，像在抑制头痛：“前岛老师，事情很严重。”

“我知道。”我想说得平静些，脸颊却在颤抖。

大谷低声说：“假如你说的是事实，那么，今天的目标不是竹井老师，而是你。”

我点点头，咕噜一声咽下一口唾沫。

“这到底是怎么回事？”大谷有点发呆。

我摇头：“我也不知道，但……”

我瞥了栗原校长一眼。他在隔壁帐篷里无聊地坐着，表情与其说是不高兴，不如说是怅然若失。我决心把以前曾数次险些遭人谋害的事告诉大谷。我对校长说过“再发生什么意外就报警”，现在已经没什么可隐瞒的了。

“其实……”我开始叙述，尽可能详细、客观地说了自己差点被人从月台边推下去、在游泳池差点被电死，还有花盆从楼上砸下来这几件事。说话间，当时的恐惧感鲜明地复苏过来，我不禁佩服自己居然能忍到现在才说出来。

大谷也掩饰不住惊讶，听完后责备道：“为什么不早说？那样也许就不会有人丧命了。”他的声音里抑制着急躁。

“很抱歉，我以为也许只是偶然。”我只能这么回答。

“现在说也没什么用了，看来，凶手的目标是你这一点大概错不了。我一件件来了解情况吧，先说化装游行，这是每年的例行活动吗？”

“不，今年是头一次。”

我向大谷解释：每年体育节的最后节目是各社团表演，今年的表演形式是化装游行，这是各社团负责人开会决定的。

“嗯。她们是什么时候定下来让你在化装游行中表演的？”

“确切时间我不知道，我是大约一星期前知道的。”

“让你演小丑也是那时候？”

“是。”

“除了社团成员，应该没人知道表演内容吧？”

“大概是……”我说得模棱两可。

大谷果然追问：“大概？”

“队员可能会告诉自己的好朋友，我扮演小丑一事早已在校园里传开。不光是我，其他老师演什么角色也是众所周知……”

这成了酿成悲剧的原因。凶手大概知道了我要扮小丑，才在大酒瓶里下了毒。再说，若非传得尽人皆知，竹井也不会提出和我换角色。

“大致情况我明白了。这么说谁都有作案的机会，问题在于谁能下毒。体育节期间，那酒瓶放在哪儿？”

“装在魔术箱里，摆在一年级教室后面。至于什么时候放在那儿，这得问射箭社队员。在那之前，应该是放在射箭社活动室里。”

“这么说，有两个时间段可以下毒，一是酒瓶放在活动室的时候，还有就是放在教室后面的时候。”

“关于这个，我注意到有一点很可疑。”

我注意到的是大酒瓶的标签。午休时在射箭社活动室看到的酒瓶分明贴着“越乃寒梅”的标签，而竹井倒下时，滚落在一旁的酒瓶上却贴着完全不同的标签。看来，凶手并非往酒瓶中的水里下毒，而是事先准备好掺毒的酒瓶，伺机掉包。

“又是一个掉包。”大谷一脸认真，“若情况属实，那酒瓶就是在教室后面被换掉的了。时间问题我会去问学生。”然后他用一种窥探我表情的眼神盯着我，声音压得更低了：“关于动机，你能想到什么？有谁恨你吗？”他问得单刀直入。警察一向看什么人说什么话，他大概认为对我已没必要拐弯抹角。

“我自认为一向小心，不去招人恨……”我犹豫着接下来该怎么说，最终还是实话实说，“谁都一样，可能在无意间伤害别人。”

“哦？你真善良呀。”他的话听起来像讽刺，却没让我觉得讨厌。他移开视线，像是忽然想起什么似的，“去年你是高原阳子的班主任？”

我猛地一怔，心跳加速，惊愕差点表现在脸上。我极力佯装平静，反问道：“她怎么了？上次事件她应该有不在场证明，如果北条的推理正确的话。”这话听起来有点此地无银。

“没错，但她的情况还是很微妙。而且，她并没有你说的无懈可击的不在场证明，这次自然也不容忽略。我想听听你的真实想法，她是什么样的学生？和你关系如何？”

大谷说得很慢，语气平和，眼睛一直盯着我。我心里充满犹豫和困惑。高原阳子对我来说并不是特别的学生，但自从今年春天她邀我去信州旅行，我却让她在车站空等一场之后，她看我的眼神就和以前明显不同了，像是带着憎恨，有时又像在诉说哀怨。如果把这件事告诉大谷，也许他不会马上就将她和杀人联系在一起，但我不想说。就算她是凶手，我也打算自己解决我和她的问题。

“她是我教过的一个学生，仅此而已。”我觉得自己说得很坚决。

大谷说了声“是吗”，没再追问。“我再问问，不说怨恨，有人把你看成是障碍吗？你要是死了他可以得益，你活着对他不利的那种人。”

“要是死了”——听到这句话，我的心又抽紧了。想起刚才自己与死神擦肩而过，那种刻骨的恐惧又袭了过来。

我想回答：没有这样的人。此刻，我只想赶快远离这个话题。但开口之前，脑子里突然出现了一张脸，是那个理所当然会想起的人。我犹豫着是否该说出那个名字，这犹豫让大谷察觉到了。

“想到什么了？”

夕阳的逆光下，我看不清大谷的表情，那眼神一定像扑向猎物之前的猎犬，我的犹豫在他眼里一目了然。我狠狠心开了口：“只是没什么根据的猜测……”

他当然不会就此放弃，催促我似的点点头。我瞥了校长一眼，一咬牙说出了那个名字。不出所料，大谷也有些惊讶。

“麻生老师？”

“是。”我小声说。

“那个英语教师……为什么？”

要回答这个问题，不得不从她和校长儿子的亲事说起，更难堪的是还要提起我那被她甩了的好友 K。总之，我知道麻生恭子异性关系不检点，这一点可能会令她失去攀高枝的机会。

“确实有动机。”大谷摸着胡楂，发出刷刷的声音，“只是，这是否能够成为杀人的理由还是疑问。”

“没错，但也不能一概而论。”

问题在于麻生恭子究竟是什么样的女人，我对此一无所知。

“还有，既然说了这事，我想确认一下……”我问的是：警方是否认为此案的凶手和杀害村桥的是同一人。这问题很关键。

大谷抱着胳膊回答：“坦白说，这无法马上判断。但据医生说，竹井老师十有八九死于氰化物中毒，这和村桥老师一样。并非没有凶手想嫁祸于人的可能，但我认为两起案件的凶手定是同一个人。”

这大概是合理的推测，谁都会这么想。但如此一来，麻生恭子又被排除了。

“如果麻生老师和村桥老师有特殊关系，那么本案的动机同样可以套在上次事件上，可当时麻生老师有确凿的不在场证明。”

他指的是放学后她一直在英语会话社参加活动——这也是他告诉我的。

“没错。”大谷苦笑着，轻轻摇了摇头，又长叹一声，“听到麻生老师的名字时，我最先想到的就是这一点。当然，既然知道了这有趣的情况，我打算重新调查。”

听他的语气，像是在说：推翻不在场证明大概是不可能的。这样，只能认为凶手有同谋，或是把两起案件分开考虑。从目前的情况判断，这两种情况可能性都很小。

“其他还有什么线索？”大谷问。我摇摇头。

村桥和我——除了同是数学教师之外，没有任何共同点。如果凶手既不是阳子也不是麻生，又为何要除掉我们俩呢？我简直想向凶手问个究竟。

“今天就到这儿吧。如果想到什么，请立刻和我联系。”或许觉得再耗下去只是白费时间，大谷放我走了。我礼节性地答了句“让我再想想”，其实丝毫没有把握。

在我之后被讯问的是惠子。她和大谷说话时，我坐在远处的椅子上看着。她的脸色很难看，好像浑身发冷。

我和惠子被报社记者围住，离开学校时已过了六点。第一次面对那么多镁光灯，白光在眼前残留了许久。

“老师，有点悬呀。”惠子表情僵硬地说。她想用“悬”这种轻松的字眼来缓解一下紧张。

“嗯……是啊。”就这么蹦出两个字，舌头已经不听使唤，我也无暇考虑这副模样是否丢人了。

“没……线索吗？”

“嗯……”

“只能去问凶手了。”

“就是。”

我一边走，一边眺望着附近住宅区的窗户。星期天的傍晚，大概是全家聚在一起享受晚饭或看电视的时候，窗户透出的灯光象征着平凡的幸福，而自己却要遭遇这种事，究竟是为什么——与其说生气，不如说我在自怜自伤。

“你好像和警察谈了挺久……”

“那个呀，警察问了很多，先是问什么时候把魔术箱从社团活动室搬到教学楼后面，我说是午休之后马上搬过去的，应该是一点钟左右。”

那么，酒瓶是在下午比赛期间被掉的包，基本上无法缩小时间范围。

“还有呢？”

“还问了有谁知道魔术箱放在一年级教室后面。”

“哦，你怎么说的？”

“当然是射箭社队员了。还有，在一年级教室准备化装的家伙们可能也知道。我还说了，也可能搬的时候被人看见了。”

这个范围也没法缩小。可以想象大谷听完惠子的话后挠头的样子。

2

回到公寓大概是七点。本来打算在体育节结束后去喝酒，十点过后才会回家，这么早回来，裕美子一定会吃惊。要是知道了原因，她一定会吃惊上几十倍。

摁门铃后，等了好一会儿，平时很少这样。我想可能裕美子不在家，正在裤兜里摸钥匙，链锁咔嚓一声开了。

“回来啦？这么早！”裕美子脸上泛着红晕，也许是光线的原因，但她确实有点兴奋。

“嗯，是早了点。”

站在玄关，我犹豫着是否该让她跟着受惊吓。刚才在电车上，我一直考虑着该在何时开口、怎么说，直到进了家门还没想出好主意。

脱外衣时，我无意间瞥见橱柜上的电话，奇怪，话筒没放好，上面盖的布也是乱的。

“刚才在打电话？”我问。

裕美子把外衣放进衣橱，反问道：“没有呀，怎么了？”

我说话筒没放好。她慌忙放好，脸上少见地露出不悦的神色：“中午给妈妈打过电话。你观察得还真仔细。”

确实，我的神经变敏感了。即使在平常再熟悉不过的屋子里，也能够感觉出有什么不同。

凭我敏锐的感觉，裕美子此时的神情不知为何显得有些假，但我什么也没说。

裕美子立刻开始准备晚饭。大概是因为今天我本不准备回家吃，她没作什么准备，饭桌上摆的菜比平常要简单。

我空洞地看着报纸，完全不知该如何对她讲今天发生的事，却又不得不说。趁她在餐桌旁坐下盛饭，我说：“今天举行化装游行了。”

“你说过。”她边盛酱汤边回答。

“竹井老师被杀了。”

她的手停住了，睁大眼睛看着我，好像一时没明白我在说什么。

“竹井老师被杀了，被人下了毒。”我极力控制着感情。

她眼睛一眨不眨，动了动嘴，却没出声。

“竹井老师在化装游行中扮小丑，喝下了大酒瓶里的水……水里被下了毒。”

“谁会这么干？”她终于问出一句。

我摇头：“不知道。警察认为和杀害村桥老师的是同一个凶手。”

“真可怕！不会又有谁是下一个目标吧？”裕美子皱着眉，神色不安。

我知道她会更害怕，但还是说："下一个是我。"

她的表情立刻僵住了。隔着酱汤和米饭冒出的热气，我俩对视了好一会儿。终于，她怯怯地开口："怎么回事？"

我深吸一口气："本来该由我扮小丑，凶手的目的是要我的命，一定会再次冲我下手。"

"这不是真的……"她的声音哽住了。

"是真的。除了我和竹井老师，没人知道小丑换了人，当然凶手也……"

又是一阵沉默。她一度眼神空洞地盯着半空，随即用微微充血的眼睛望向我："没什么线索吗？"

"没有，所以才麻烦。"

"会不会是恨你的学生……"

"学生对我的关注不会到怀恨的程度。"

我脑中浮现出高原阳子的脸。出了这起事件，大谷一定会特别慎重地调查她的行动，或许已经调查过她的不在场证明。

"那……你怎么办？"

"什么怎么办？"

"向学校请假？"

"还没提。我尽量不单独行动。"

"哦……"

原以为裕美子会惊慌失措，不料她却相当平静，像在沉思什么似的默默无语，用一种遥望远方的眼神看着自己的手。

九月二十三日，星期一，秋分节。不光是节假日，在学校放假的日子里，通常我也会在床上躺到十点，然后慢悠悠地起来吃早餐，但今天七点半就起床了。

昨晚已料到会失眠，记得喝了不少酒，结果兴奋过度，在床上翻来覆去多次，两三点钟才迷迷糊糊睡着，天快亮时又醒了几次。

这种状态下心情自然糟糕。在卫生间洗脸时，镜中的面孔无精打采。

“真早呀。”刚才还睡在一旁的裕美子不知何时已穿好衣服站在那儿。她也一脸倦容，梳往脑后的头发散下来几根，看起来越发憔悴。

我到玄关拿了报纸，回客厅坐下，先翻看起社会新闻。事件的报道比想象的还简短，标题是戏谑的“小丑被毒杀？”。报道只是照搬我们昨天接受采访的内容，没有提及真正该扮小丑的是我——这一点对媒体保密。

面包就着咖啡，没什么对话，正这么吃着乏味的早餐，电话铃响了。裕美子马上起身，拿起话筒之前瞥了挂钟一眼。她很客气地说了几句后，捂住话筒小声对我说：“教务主任打来的。”

松崎的声音和昨天一样没精神。他客套地问了问我的情况后切入正题：“刚才家长委员会的本间先生打过电话。”

“哦？”

本间是家长会委员。这种时候会有什么事？

“他说昨天体育节时见过一升装的酒瓶。”

“见过？是什么样的？”

“说是不能下结论，但他说没准是凶手准备的有毒酒瓶。”

“什么？在哪里看见的？”

“储藏室。本间先生参加趣味赛跑时去储藏室拿拖把，说当时看见酒瓶放在那儿。”

“……”

如果那真是下了毒的酒瓶，那就是在本间发现后被掉换的，这能大大缩小作案的时间范围。

“报告警方了？”

“还没有。我觉得这事还是由你……”

总之，凡是和事件有关的麻烦他们全推给我。对我来说，与其通过不可靠的第三者浪费时间，还不如自己行动来得干脆。

“好，我去同警察联系。”

松崎得救般连声称谢。我不想浪费时间，问了本间的联系方式，立刻挂了电话。

打电话到S警察局，大谷还没外出。听到我的声音，他说自己正要去清华女中，声音听起来比昨天开朗。

我如实转告松崎的话。不出所料，大谷的反应不小：“这是个重要线索，看样子会有进展。”语气中的热情简直要从电话那端传过来。

他说要尽快调查，我把本间的联系方式告诉了他。本间自己开店，大概现在就能动身前往学校。

挂上电话，我告诉裕美子要去学校。她显得很慌张：“至少今天该在家待着……”

“今天放假，凶手不会在学校里。”

我匆匆咽下面包、咖啡，换上衣服，觉得与其闷在家里什么都不做，不如出去活动一下。穿上牛仔裤和运动衫，心情似乎也轻快了许多。一瞬间我在想：有多少年没在节假日去学校了？

“我傍晚以前回来。”我边说边准备穿鞋，客厅的电话又响了。本想任由裕美子接，一听见她说话的语气，我又停下了，好像是我家打来的。

“是哥哥。”果然，裕美子叫住我。哥哥打电话来实在难得。我大致能猜出是什么事。

接过话筒，哥哥的大嗓门立刻传入耳中，懒洋洋地有一搭没一搭说着，那声音令我觉得亲切。果然是为了今天报纸上的报道。他说：“你们学校出了人命案子，你没事吧？妈很担心，你偶尔也该回家让她看一眼。”他平时没什么话，这几句着实让我感动，只说了句“不用担心”。

再次走出玄关，电话铃又响了。我有点不耐烦地等着，见裕美子没有叫我的意思，就开了门出去。下楼梯时，我觉得有点奇怪——只在接第三个电话时，裕美子的声音压得很低，我听不清她说了什么。

3

到了学校，我看见停车场上有两辆警车，另外还有几辆轿车，也许都是警察的。

操场上没见到大谷他们，只有沾满沙尘的吉祥物在看着天空，仿佛时间停在了昨天。一年级教学楼的一层隐约可见穿白衣的男人，还有穿制服的警察。我走到教学楼入口，看见在堆放清扫工具和操场修整用具的储藏室前聚了一大群人，身强力壮的男人中站着瘦小的家长会委员本间。

我正想走近，一个年轻警官马上挡住我，目光威严地说无关人员请勿接近。我不由退了一步。

“前岛老师！”这时，大谷挥着手从人群中走过来。今天他看起来比平常更精力充沛。

“辛苦了。”我点头致意。

大谷摆摆手，微笑道：“多亏你通知我们，看来相当有收获。”他在一旁的洗手台洗了洗手，“大致情形已经问过本间先生。”

大谷跟我说起本间告诉他的大致内容，边说边用手帕擦手。那手帕干净得让我有些意外。他说的和松崎大体相同。趣味赛跑中第三组出场的本间被指定去找拖把，问旁边的拉拉队哪儿有，学生们笑着说在储藏室。他跑到储藏室打开门，马上找到了拖把，还看见角落里放着一个纸袋。本间说纸袋很新，觉得好奇就往里面看了看，发现装着一个又旧又大的酒瓶，里面有小半瓶液体。他想大概是谁存放在这儿的东西，拿上拖把就离开了，可总觉得有点不对劲。

“从节目单来看，教职员、来宾参加的趣味赛跑是下午两点十五分开始的，实际上是按计划进行的吗？”大谷看着淡绿色的体育节节目单问我。

“基本上是准时进行。”我回答。

“这么说，凶手把酒瓶掉包的时间是在两点十五分之后。对了，那个储藏室上锁吗？”

“很少……应该说几乎不上锁。至少我没见那儿锁过。”

“哦，所以凶手正好有了机会。”大谷恍然般点点头，“原来那个酒瓶被藏在草丛里，离放魔术箱的地点只有几米远，凶手大概也无法带着那东西走来走去。”

“指纹呢？”

“有好几个，但大概都是射箭社学生和你的。凶手不会犯这种低级错误。”

这时，教室里走出一个穿制服的警官，叫着大谷的名字。大谷没应声，只举了举刚洗过的右手，扭过脸望着我：“我们总会理出头绪，也为了不再有第三个受害人。”他说完就回去了。我望着他宽阔的背影，琢磨起他说的“第三个受害人”。

见调查人员开始忙碌，我向办公室走去。好像没什么能帮忙的，我也想一个人慢慢想一想。

办公室空无一人。节假日我几乎从不上班，但听说办公室总会有人。今天大概是没人想来了。

我坐下拉开抽屉，拿出昨天的节目单。看来从今天开始又该锁抽屉了。

打开节目单放在桌上，久久呆看着，回想起昨天的情景。学生们热火朝天的样子慢慢在脑中重现。当然，我的目的不是为了让自己沉浸在感慨中。

十四点十五分	来宾、教职员趣味赛跑
十四点三十分	三人拉力赛（一年级）
十四点四十五分	师生对抗障碍赛

十五点整	创编舞（三年级）
十五点二十分	化装游行（运动社团）

家长委员会的本间在趣味赛跑的第三组出场，所以他在储藏室发现酒瓶应该在下午两点二十分左右。我和竹井到教学楼后面，将他扮成小丑，是在创编舞开始之前，也就是三点钟。可见，酒瓶掉包是在这四十分钟内完成的。

掉包所需的时间——我想象着凶手的行动。走到储藏室要两分钟，从储藏室走到教学楼后面要两分钟，掉包后将原来的酒瓶藏进草丛，若无其事地回到座位要三分钟，一共七分钟。不过，实际上这一切不可能如此顺利地完成，不能被人看见，还要小心行动以免留下指纹等痕迹，这样，凶手应该会留出约十五分钟来作案。

再来推测一下凶手的心理。凶手也在看趣味赛跑，自然也就看见了本间去储藏室拿拖把，神经一定集中在储藏室里的有毒酒瓶上，这样，至少在趣味赛跑比赛期间凶手会尽量不靠近储藏室，因为没准什么时候又会有人进去。

还有一点值得注意——凶手不知道我化装的具体时间。化装游行从三点二十分开始，凶手会猜是在那之前，却不确定是五分钟前还是二十分钟前，为保险起见，凶手会在三十分钟前，也就是两点五十分左右就把酒瓶掉包。这样，凶手能够行动的时间只有趣味赛跑结束后的两点三十分到两点五十分之间这二十分钟了，于是……凶手必须在两点三十分三人拉力赛开始后立刻开始行动。换句话说，这段时间内有不在场证明的就不是凶手。

那么高原阳子呢？她是三年级学生，要参加三点开始的创编舞，参加表演的学生必须在前一项比赛开始之前到入场处集合点名，所以，两点四十五分师生对抗障碍赛开始时，她会在入场处附近——刚好卡在时间边缘，不在场证明无法成立。

此外，详情就得去问凶手本人了——看着窗外的景色，我想。天阴沉沉的，简直就像我的心情，让人觉得昨天的晴天很不真实。

大概是睡眠严重不足，靠着椅子，我渐渐困倦起来，打了个大大的哈欠，眼里慢慢溢出泪水。夜里身心俱疲却睡不着，真是讽刺。

发了好一阵子呆，听到走廊传来大踏步的脚步声，我清醒过来。脚步声恰在办公室门口停住，不知为何，一丝无来由的不安掠过心头，让我一阵惊恐。

门被用力推开，出现一名穿制服的警察。他环视了一下屋子，向我点点头："能请你协助调查吗？有些情况想问问。"

看看表，我已在屋里待了一个多小时。想问题没用掉几分钟，却打了那么长时间的瞌睡。我点点头，揉着太阳穴站起来。

我被带到储藏室隔壁的小会议室，是学生会开会用的房间，四壁空空，毫无情趣。屋里全是卷着衬衫袖子的警察，几乎让人忘了这是在学校。

小小的会议桌前，三个警察正凑在一起轻声谈着什么，其中就有大谷。一看见我，另两人匆匆走了出去。大谷面带笑容让我坐下："有了一点进展。"

"什么？"我坐下问道。

"是这个。"大谷从脚边拿起一个套在大塑料袋里的纸袋，"我们在某处找到的，不用说你也知道，这是放酒瓶的纸袋。刚才本间先生也确认过了，说没错。”

“某处……是哪儿？”

“这个一会儿再说……你见过这个纸袋吗？在哪里见过谁拿着它吗？”

是个白底、深蓝细条纹的纸袋，正中间印着一行小字“I LIKE YOU！！”。我们学校的学生若拿这种纸袋，有点太朴素了。

“没见过。”我摇头，“我们学校本就禁止学生拿着纸袋来上学。”

“不，也不一定就是学生。”

可我一向不注意别人拿着什么。“你应该去问藤本老师，他对这种事比较了解。”

“好，我去问他。问点别的，教学楼西侧有间小屋吧？”

“对……你是指运动器材室？”他突然改变话题，我有些困惑。

“对对，放着栏架、排球之类的东西。另外还有十几个纸板箱，那是干什么用的？”

“纸板箱？”愣了一下，我想起来了，“那是当垃圾箱的。体育节后总有大量垃圾，从今年起准备了纸板箱。”

“哦？从今年起？学生们知道吗？”

“啊？”他问得奇怪，我一时语塞。

“运动器材室里有装垃圾用的纸板箱，学生们知道吗？”大谷慢悠悠地问。

“大概不知道。如果一开始就对学生说准备了纸板箱，她们会随便扔垃圾，可那也不算什么秘密……”

“知道了。这个……”大谷拿起那个纸袋，“这东西其实是在一个纸板箱里发现的。凶手为什么要扔在那种地方？大概是认为纸袋不会留下线索，只想尽快找个地方扔掉。教室和办公室都上了锁，垃圾焚烧炉又太远，才会想到扔在装垃圾的纸板箱里。这样，问题就在于谁会想到这一点了。”

“你的意思……是教师？”我觉得自己说话时面部肌肉僵硬，掌心也在出汗。

“不能贸然下结论，但我认为不像是学生干的。”

我想到了麻生恭子。大谷一定也想到了。

回想刚才在办公室推算的作案时间，照我的外行推理，应该是在两点三十分到两点五十分之间的二十分钟，这期间麻生恭子在干什么呢？我忽然想起她跨栏的样子，对了，师生对抗障碍赛。

“你身边有昨天的节目单吗？”

沉默不语的我突然问出一句，大谷愣了一下，从西服口袋里掏出一张淡绿色的纸递给我。

十四点四十五分　师生对抗障碍赛

我看完后抬起头，让大谷看节目单：“麻生老师从两点四十五分开始参加比赛，说明在前一项三人拉力赛开始时，她已在入场处排队等候。”

对于作案时间，大谷一定作过某种程度的推理，即使和我的推测略有不同，也该明白我的意思。

“你的意思是，麻生老师不是凶手？”他语气沉重。

“不可能，至少在现阶段来说。”说话间，我觉得自己被深深的不安所笼罩。

4

九月二十四日，星期二。

学校如同下了戒严令一般，笼罩在紧张的气氛里。平常办公室里谈笑风生，现在大家都一言不发，简直令人窒息。这一次，学生们似乎也大受刺激，每个教室都静得可怕。

只有一个人比平常说得多，那就是教务主任松崎。从一早开始，他桌上的电话就响个不停，有些来自媒体，但大多数是学生家长打来的。不知对方说了些什么，反正松崎始终在道歉。

这种情况下不可能正常上课，感觉上，教师们时间一到就去教室，自顾自地讲一通课本内容就回来。

第四节课刚结束，警察就来了，这让原本紧张的气氛更加凝重。他们理所当然般占据了会客室，提出想找某人来询问情况。一听名字，松崎等人都大吃一惊，只有我心中暗道“果然”。我瞥了那人——麻生恭子——一眼，只见突然被点名的她脸色苍白，无助地站起来，梦游似的跟在松崎身后走去。那神态里有不明白自己为何被传讯的愕然，更多的是掩饰不住的震惊。

默默目送她的背影一消失，教师们马上开始了各种各样的揣测，全是些不负责任的中伤，不值一提。只有小田的话引起了我的注意。

他走到我身旁，声音低得几不可闻：“昨天，警察突然来找我。”

“警察找你？”我很意外，反问道。

他点点头：“问了一件很奇怪的事：前天体育节参加师生对抗障碍赛，麻生老师有没有和我在一起。我说是的，警察又问在入场处集合时她有没有迟到。我本想说细节记得没那么清楚，可仔细一想，确实有那么回事，当时等了一阵不见她来，我还想过要不要掉换一下顺序，结果她赶回来了……这件事有什么关系吗？”

他歪着头，我只答了句“不知道”。不用说，他这番证词对警察的调查有相当重要的意义。昨天和大谷谈话时，他认为麻生恭子有不在场证明，却被这番证词推翻，于是她今天被警察叫去问话。

她被叫走约过了十分钟，校长叫我。我心情有些沉重地走进校长室，不出所料，栗原校长哭丧着脸坐在桌前。

“怎么回事？”他扯着嗓子，“为什么麻生会被带走？”

“她又不是被逮捕，只是问话。”

他不耐烦地摇头：“我不想玩文字游戏！听说那个姓大谷的警察对松崎说，详情问你就知道。你说吧，为什么是她？”

他的语气听起来是在控制情绪，但看那面红耳赤的样子就知道他已经急躁到了顶点，这种情形下搪塞看来是行不通了，我咬咬牙，原原本本地把知道的全说了出来，从麻生恭子的本性到酒瓶被掉包。我明白他听完后情绪会更糟糕。

他始终抱着胳膊、闭着眼睛听我说话，一脸苦涩，一动不动。过了一会儿，他终于开口了，怒色已经消失：“总之，她为了隐瞒自己的异性关系而杀人？”

“还没有定论。”

“她在异性关系方面的经历确实让我失望。”

“……”

“你明知道却不说，为什么？”

“我只是不想中伤别人，何况我也不知道她现在正和什么人交往，再说校长好像对她很满意……”

大概最后那句话让他觉得是讽刺，他脸一沉，恨恨地说：“行了，是我有眼无珠。”

我觉得没事了，想起身离去，校长把我叫住：“等等，你怎么想？她是凶手吗？”

“不知道。”这是我的真实想法，并不是对他有顾虑，“这起事件里她的处境确实非常不利，但上起事件中她有完美的不在场证明。这一点警察也正在琢磨。”

“哦……不在场证明？”

“而且这次的案子也有许多谜团。凶手为什么要用在众目睽睽之下害死小丑这种大胆方式，也是一个谜。”我第一次说出了一直画在心里的问号。这种古怪方式让人无法理解会是麻生恭子所为，换句话说，如果她是凶手，大概不会这么麻烦地兜圈子。

“知道了。总之再看看情形吧。”校长表情苦涩，说话的语气倒还与身份相符。

走出校长室回办公室的路上，看见布告栏前聚了一群学生，我也驻足观看，却吓了一跳，上面贴着大谷昨天给我看的那个纸袋的照片，旁边写着：“见过这个纸袋的人请和S警察局联系。”

这大概也算一种公开调查，反正现在的事实是两起杀人案发生在同一所学校里，警察的这种活动会越来越多。

聚集的学生中也有我认识的，我直接问她们有没有什么线索。她们仔细想了想，都说没见过那纸袋。

回到办公室，我先往麻生恭子的办公桌看了看，没见到她，以为还在会客室和警察谈话，却发现她的桌子收拾过了。我走近藤本，凑到他耳边询问。他顾忌着周围，小声说："她刚才回来过，但马上就提前下班走了，好像向教务主任报告过。她刚出去，你没在走廊碰上？"

"没有……谢谢。"

我回到自己桌前坐下，开始准备第五节课，脑子却不听使唤，村桥和竹井的尸体如定格画面一般在脑中时隐时现。

我站起身，冲出办公室。跑过走廊时铃声响了，但我已顾不上，直接朝校门跑去。看见一个穿蓝色连衣裙的修长背影正走出校门，我加快了脚步。

我跑出校门，叫住她。她好像吃了一惊，站定回过头来，匀称的面孔因惊讶而有点变形。

我们一言不发地对峙了好几秒钟。她大概不知该说些什么，我也不明白为何要追过来。

她终于开口了："有什么事吗？"声音意外地镇定，想必是在极力控制。

"是你杀的吗？"

她像是听到了什么意外的话一般瞪大眼睛，像觉得滑稽想笑出来，但马上又停住了，紧绷的脸庞蒙上怒意："你这么问不觉得可笑吗？是你把我的事告诉警察的？"

"我对你来说是个绊脚石，我只说了这一事实。"

“那么，如果我现在说自己不是凶手，你会相信吗？”

见我迟疑不答，她嘴角一翘挤出笑容：“当然不会相信了，那些警察也一样。遗憾的是，我无法证明自己的无辜，只有等待……”

她落泪了，声音哽咽。这是我第一次见她流泪。看到泪水在她脸上流淌，我的心剧烈地动摇。

“现在说什么都没用，我也不想说。我只给你们一句忠告，”麻生恭子边转身边说，“逼我不会有任何进展，因为真相根本是在别的地方。”

不等我回答，她就走了，无助的脚步似乎在摇晃般逐渐远去。

我心里仍一片不安。

5

从这天开始，所有社团活动全部停止。放学时间自然也就提前了，四点半过后，校内已完全看不到学生的身影。

这种状态下教师也待不住，平时热闹到六点左右的办公室也早早就一片寂静。

奋力行动的是警察。有几个仍在寻找线索，在校园里四处打探，一个年轻警察把所有垃圾箱都翻了个遍。

六点过后，我也打算回家。本想同大谷打声招呼再走，他却不见踪影，也许是回警察局了。

一个年轻警察送我到S车站。他年纪和我相仿，异于常人之处在于眼神锐利，让人猜测曾历经多次危险，大概不久就会像大谷那样如猎犬般犀利。

听这个姓白石的年轻警察说，麻生恭子的不在场证明仍未能成立。她确实参加了师生对抗障碍赛，但如小田老师所言，集合时她迟到了。她解释了当时的行动，但没有证人，理由也不自然。

“她说去了洗手间，但用了将近十五分钟。虽不能断言这不正常，但还是有点不对劲……”白石的语气有点不耐烦，大概是因为年轻气盛。听起来他似乎认定麻生恭子就是凶手。

“可村桥老师的案子，她不是有不在场证明吗？”望着自己在夕阳下拉长的影子，我问道。

一旁白石的影子歪了歪脑袋：“问题就在这里。从情形来看应该是同一凶手。要解决这个矛盾，就有了凶手不止一人的说法，但谁是同谋呢？目前的方针是先不受第一个案子束缚，继续深入追查第二个案子。”

他的话让人觉得，只要让麻生恭子坦白，就能解开所有谜底。他这么期待也许是理所当然，我却惦记着麻生恭子刚才说的话——真相在别的地方。我想，她这话不是逞能也不是搪塞。那么，真相究竟在哪儿？麻生恭子是否知道呢？

在S车站前和白石分手。他说：“保重。”

在电车上，我把至今发生的事件又整理了一遍。发生了太多事情，也许会忽略重要的地方。

先是新学期开始后，有人想要我的命。

接着是九月十二日，村桥在教师更衣室被毒死，当时的更衣室呈密闭状态。这一事件中高原阳子被警方怀疑，但没有决定性证据，她也不可能实施北条雅美揭露的密室阴谋，于是暂且逃过警方追究。

然后是九月二十二日，竹井在体育节上被杀，是替我而死。凶手掉换了化装游行用的大酒瓶，根据家长会委员本间的证词，作案时间的范围已大大缩小。此后，装毒酒瓶用的纸袋在运动器材室的纸板箱里被发现，而知道这些纸板箱是用来装垃圾的只有教师，怀疑对象就变成了教职员工，再加上我的证词，麻生恭子成了嫌疑人——这就是现状。

这样一想，只能说凶手的轮廓并不清晰。拿村桥的案子来说，凶手的行动很周密，几乎没什么遗留物，而村桥自己的行动也有不少地方还弄不清。相对来说，竹井一案中，凶手的行动过于复杂，我没死是因为奇迹般的运气，很明显，整个案件的策划对凶手来说花哨得有些危险，作案过程很容易被识破。

凶手是麻生恭子吗？如果不是，又会是谁？那人在我和村桥身上找出什么样的共同点作为杀人动机？

这么想着，回过神来时发现电车已经到站，我赶紧下车。

走出车站，天色已开始暗下来，行人也寥寥无几。这一带商店不多，路灯也少，更让人觉得凄清。

走了一段，住宅也少了，来到一个小工厂旁，一边是停车场。我边看停车场上的车边往前走。忽然，有引擎声从背后由远而近。我习惯性地往路边靠了靠，想着车子会从身边过去——不，根本没刻意去想。

但直觉告诉我不对劲，在夜路上驶过行人身边，那车居然一点都没减速！

回头一看，我大吃一惊，那车大开着前灯朝我猛冲过来，离我已只有几米的距离。电光火石间，我往旁边急扑，大概只用了几分之一秒。我倒在地上，车轮就在脸旁辗过。

我急忙站起，对方的行动也很快，轮胎擦地转过车头，再次全速冲来。车灯亮得夺目，我眼前一片空白，刹那间不知该向左还是向右躲闪，反应慢了一步，左腹部被后视镜撞到，一阵剧痛袭来。我忍不住蹲下，但那车又倒冲过来，我只好咬牙起身，摁住剧痛的腹部，堪堪躲了过去。倒车过去，那辆车又冲了上来。想去看驾驶座，可灯光让我无法凝视，好容易认出了车型，却连车里有几个人也看不清。

这时，我的脚已不听使唤，就像刚剧烈运动过一样，腹部的剧痛也阵阵袭来。更糟的是旁边全是铁丝网，无路可逃——对方大概特意选了这种地方。

我大叫一声，踉跄着摔倒在地。车灯逼近过来。我大惊失色——来不及了……

就在这时，一个大大的黑影飞进我和车之间，刹那间看起来像一头巨兽。车里的司机一定也吓了一跳，急打方向盘，车身往旁边一滑，停在“巨兽”面前。

抬头看看黑影，原来是辆摩托车。被汽车穷追不舍的我没注意到摩托车声。一看车上的人，我更吃惊了，竟是一身黑色赛车服的高原阳子。

“阳子，你怎么在这儿……”

这时，那辆车身倾斜的车子在猛踩油门，但并非朝我冲来，而是要全速逃跑。

“受伤了没有？”阳子的声音冷淡得不像是眼前情形下的问话。

我摁住腹部站起来，毫不犹豫地跨坐在她身后。“拜托，快追上那辆车！”

头盔下，她那双大眼睛瞪得更大了，想开口说什么。

我大吼：“快追！来不及了！”

她不再犹豫，一踩油门：“抓紧了！”

车子加速，感觉像是被往后拉扯，我不由得抱住她的腰。

下肢的震颤中，摩托车飞驰在夜晚的路上。到大路时，看见了那辆车的尾灯，大约在前方一百米。见甩不脱我们，对方也开始飞车。

“要是堵车就能追上。”阳子隔着头盔大叫。但这个时间段车流通畅，那辆车在双车道的路上飞奔。

我抱着阳子嫩竹般弹性十足的腰，想看清车牌号码，但车牌好像用什么东西遮住了，怎么也看不清。

“车里是一个人。”阳子说。

司机是一个，也许还有同伙躲在车座暗处。

前方出现红绿灯，已经是黄灯了。我心下暗喜，但那辆车却不顾灯已变红，冲过了十字路口。

我们到路口时，左右两侧的车流已开始穿梭，那辆车则不见踪影。

“可恶！真倒霉。”我咬牙切齿。

阳子倒很冷静：“往前追追看，或许对方也会在哪儿慢下来。”

绿灯亮了，一声巨响，摩托车往前冲去。我的身体又一次像被往后拽去。

阳子往前急追。两旁有几条岔路，每次经过她都会犹豫片刻，但已不容多想。

摩托车驶上了汽车专用道，排气声更大了，时速表的指针急速往上攀爬。

迎面的风吹得我睁不开眼睛。我说："怎么也要追上。"不知她有没有听见。凶手不见得就是顺着这条路跑的。若能追上，早就该发现那车的影子了——我不由得这么想。

我一直低着头，不知道具体情况，只感觉车流量不多。许多次，旁边的车灯被甩在后面，看来我们已经超了不少车。

"……"阳子好像在说什么。

我大声询问。过了一会儿，车速慢了下来，周围景色的移动慢了，眼睛也能睁开了。

"怎么啦？"

"不行了，只能到这儿。"阳子把车身往左倾斜，车子嗖地拐进了岔路。

"为什么不行？"

"再往前就上高速公路了。"

"有什么关系？都到这儿了，管它去哪儿。"

"不行，你这样子过得了收费站吗？"

她这么说我才意识到，自己身穿西装，又没戴头盔，太显眼了。又不能在这种地方下车让阳子一人去追。

"到底还是被甩掉了。"我懊恼地说。

阳子依然冷静："车子是丰田赛利卡 XX，这也算是重要线索。"

"这倒是……可好不容易追到这一步，真不甘心。"

阳子没答话，掉头往回开。不觉间，我们已驶出很远。回去的路和来时不同，是条寂静的小路，左边有很多水田和旱地。在旁人眼中，我们大概是出来兜风的情侣，当然，男女的位置颠倒了。

感觉着青草和灰尘的味道，我们驶在夜晚的路上。阳子头盔的缝隙里时而飘出发香，我突然意识到前面是个女孩，掌心开始冒汗。

不知走了多久，我提议休息一下。也许剩下的路已经不长，但我想和她说说话。

阳子没回答，将车速慢了下来。她选择的地点是一座桥，横跨在水量不多的河上。河岸两边是长长的堤防，远处能看见街灯。

我下了摩托车，双肘拄在桥栏杆上俯看河水。阳子把摩托车停在桥边，摘下头盔慢慢走过来。几乎没有车辆，时而传来远处电车驶过的声音，如回声一般。

“我第一次坐摩托车。”我望着河水说，“感觉真不错，很棒！”

“……当然棒了。”她也来到我旁边，凝视着远方。

我对着她的侧脸说：“谢谢你今天在危急时刻救了我，再晚一步就不知道是什么后果了。不过，有个问题想问问你。”

“我为什么会在那里，对吧？”

“没错。当然，如果你说那是一条飙车路线，我也只好接受。”

阳子长叹一口气，认真地说：“你说话还是喜欢绕弯子。是因为我有话想跟你说，就在车站等着，可一直犹豫着该不该说，后来从车站出来往外走，想下次再说，又觉得还是该今天告诉你，所以就追了过去……”

“结果碰上了那一幕？”

她点点头。河面上的风吹着她的短发。身上凉飕飕的，毕竟已是秋天。

“那……你想跟我说什么？”

刹那间她好像又犹豫了，但马上下定决心般盯着我：“村桥被杀那天，有人看到我在更衣室附近，是吧？警察问我时，我说只是经过，其实不是，当时我在跟踪村桥。”

“跟踪？为什么？”

“我说不清楚……”不知该如何有条理地叙述复杂的情况，阳子显得有些着急，抓了抓脑袋，“那时，我对村桥恨之入骨，恨不得杀了他。他根本不知道，头发被剪得乱七八糟对我们来说有多痛苦。我决心想办法报复，于是想到制造一起村桥非礼女生事件。计划是这样的：那天放学后，有学生忘了带学生手册，便回学校去取，村桥企图在教室非礼，她大叫，这样他就会被贴上‘强奸犯教师’的标签。”

“学生手册？这么说……”

那天，高原阳子回家后又回了学校。大谷说出这一事实时，她解释说是忘了带学生手册回去拿，原来这不是情急之下编的谎言，而是她计划中的一部分。

“我先约好村桥五点在三年级C班教室见面，当然，我也对他说过不要告诉任何人。然后我先回家，五点钟之前又去了学校。可我在去三年级C班教室之前看见了村桥，他像在避人视线般走在教学楼后面。我犹豫了一下，就跟在他身后。反正强奸的地点不是教室也无所谓，不管在哪里，事情闹开时村桥绝对说不清楚。”

“哦？怎么回事？”

阳子恶作剧地笑笑，很久没见她有这种表情了。

“非礼事件闹开时，如果村桥的西装口袋里有安全套，你觉得事情会怎样？”

“啊？！”我有些吃惊。

“我事先放的，趁午休时间。一旦那玩意儿被发现，村桥再怎么解释也没用。”

“是这样……”

我总算明白了那个安全套的意义。原来它和案子没有直接关系，警察却因此去追查村桥的异性关系，这也成了目前麻生恭子遭怀疑的主要原因之一。

“跟踪他之后呢？”

“村桥进了那个更衣室。我绕到后面打探里面的情形。不能从通风口往里面看，只好躲在下面竖起耳朵听。我听见了村桥的说话声，好像还有别人，可那人的声音一点都听不清。过了一会儿，里面安静下来……”

突然，阳子的身体开始颤抖，她表情僵硬，声音都变了：“我听到了呻吟声，很轻，但确实是呻吟声，大概有一两分钟。我很害怕，没法从那儿离开。接着传来了开关门的声音，好像有人走了出去。”

那就是行凶现场。阳子居然碰上了那可怕的瞬间。

“我要告诉你的是接下来的事。”阳子盯着我，像是已考虑再三。

“什么？”

“有人走出更衣室后又过了一会儿，我鼓起勇气从通风口往里看，结果……”她像卖关子似的停了下来，当然，她并没想让我着急。

“怎样？”

“我看见门被木棍顶住了。”

“嗯，发现尸体时我也从通风口看见了。然后呢？”

阳子盯着我的脸问：“你什么感觉也没有？”

“感觉？”

阳子慢悠悠地说：“你不觉得惊讶？我在更衣室后面看着，女更衣室的门照原样上着锁。凶手是顶上门后，从男更衣室入口离开的。”

第六章

1

九月二十五日，星期三。七点起床。

接连好几天失眠，加上昨晚发生了那件事，根本没法让神经得到休息。

坐阳子的摩托车回到被汽车袭击的现场，让她回家后，我立刻用附近的公用电话和S警察局联系。约十分钟后，大谷一行赶到，开始勘测现场、听取情况。

我没提阳子，也隐瞒了那场追踪，其他的如实叙述了一番。若提及阳子，他们肯定会问她为何在场，那就得从伪造非礼事件说起。另外，我发自内心地不想再把她卷进这起事件。

大谷问我，从被袭到报案怎么用了近四十分钟。我解释说自己叫了出租车去追，那车却不见了踪影，漫无目的地转了一圈，浪费不少时间。这解释可能有些勉强，大谷倒似乎没有怀疑，只后悔没有派人跟着我。

现场没发现什么特别的东西，大谷说也许能辨别车轮印。比这更重要的线索当数我说的红色丰田赛利卡XX。

大谷的态度很冷静："凶手着急了，迟早会露出马脚。"

这样若能找到真凶倒好了。

其实，让我兴奋的还有一个原因，即高原阳子所说的"凶手是从男更衣室入口离开的"。这句证词有重要意义，因为迄今为止，大家都认为凶手是翻过更衣室里的隔墙，从女更衣室入口逃走的。配钥匙的可能性，还有北条雅美想出的密室阴谋，都以这一点为前提，现在这个前提不成立，就意味着那些推测完全被推翻。

那么，凶手是怎么用木棍顶住房门的呢？很难认为是村桥自己把门顶住，因为照阳子的说法，凶手是在村桥停止呻吟之后，大概是确认村桥已死之后才走的。这样，只能认为门是用某种办法从外面顶上的。可如大谷所言，无论如何也不可能从外面用木棍把门顶住。凶手把不可能变成可能，究竟用了什么方法呢？

我还没把这件事告诉大谷，正想着怎样才能不提阳子就把事情说清楚。

"从昨天开始，你一直在想心事。"裕美子郁闷地说，大概是早餐时我好几次停下筷子的缘故。昨天的事我没告诉她，说了只会让她担心。可能是从我的表情察觉到了什么，她问了好几次"是不是出了什么事"。

"什么事也没有。"今天早上我也这么回答她，吃了几口就放下筷子，站起来。

今天到校时间比平常要早，我直接去了更衣室。那间屋子近两周没人用了，脏得像变回了原来的杂物间。

我小心翼翼地打开男更衣室的门，慢慢走进去。空气中有一股霉味，我甚至觉得一走动周围就扬起灰尘。

我站在屋子中间重新环视四周。通风口、储物柜、隔墙、门口……这些地方能设法布下机关吗？凶手用的办法不能动静太大，必须在短时间内完成，而且不留下痕迹。

“这种办法……不可能有。”我自言自语。这个谜团太难解了，让我忍不住这么说。

第一节是三年级 C 班的课。

昨天和今天，我发觉学生们看我的眼神和以前不同，不知该如何形容那种眼神，像是感兴趣，但和好奇又不一样。她们知道凶手想杀的不是竹井而是我，看我的眼神分明是在饶有趣味地想象凶手究竟对我怀有怎样的憎恨。我怀着如坐针毡的心情上课。不知是否因为双方都精神紧张，课反倒上得顺利，真是讽刺。

我先让她们做习题，看看点名簿，抬头说：“高原，你来做。”

阳子应了一声站起，声音有点沙哑。她拿着笔记本径直朝黑板走去，一眼也没看我——这像她的风格。

看那白衫蓝裙的背影，不过是个平凡的高中女生，简直难以想象她身穿赛车服在夜晚的高速路上疾驰。

昨天从她那儿听说令人震惊的事实后，我平静下来，问她：“就算是这样，为什么到现在才想告诉我？你一直在躲着我。”

阳子转过脸去，似乎难以回答，接着平淡地说：“我没觉得那有多重要，但看到雅美猜出密室阴谋，警察和你都同意她的推理时，我觉得不能再隐瞒了。不过，当时我想，雅美的错误推断使我有了不在场证明，抓不住杀死村桥的凶手也没关系。可……”她抓抓头发，“知道你是目标之后，我开始不安，担心如果自己不说出真相，凶手一直抓不住，有一天你真的会被杀。”

“可……”我说不下去了，自己也不知道该说什么。

“躲着你是真的，因为你没帮我，那天没陪我一起去信州。你知道那天我是怀着什么心情在车站等你吗？你不会知道的，对你来说，我只是个小孩！”

她面朝河水，几乎是在叫喊，每句话都像针一样刺着我的心，痛得我无法忍受，狼狈地吐出一声“对不起”。

“但还是没用。”阳子的语调突然变得平静。

我吃了一惊，看着她的侧脸。

“一想到你也许会被杀，我就坐立不安……明知道不好却在外面飙车，像个傻瓜一样……”

我低下头，心里想着此刻该对她说什么才合适，却一直想不出来，只有任自己沉默。

下课后，松崎找我，说警察正在调查教职员的私家车，问我知不知道是怎么回事。我觉得麻烦，便称不知，心里却有些紧张。没想到调查这么快就开始了。

休息时间在走廊碰到惠子。无法训练让她觉得遗憾，少见地一脸不高兴。

“眼神凶巴巴的家伙在校园里转来转去，我都讨厌来学校了。”

她指的是警察。他们有的追查昨晚那辆轿车，有的寻觅竹井命案的线索，在校园里四处调查。

“忍耐一下，只要破案就好了。”

自己都觉得这句话说得底气不足。破案——会有那一天吗？

2

九月二十六日，星期四。

到了学校，去办公室的路上听说麻生恭子被抓走了。一个学生指手画脚地嚷着：“重大新闻，重大新闻！”

我快步走到办公室。开门的瞬间，就知道那消息不是空穴来风。

办公室里阴郁沉重，我的出现似乎让气氛更加紧张，所有人都低着头，假装在桌前忙碌，见我走向办公桌，谁都不出声。我正想坐下，藤本像要打破沉闷空气般响亮地说：“前岛老师，你听说了吗？”

旁边几个人听了一怔。

我看着藤本：“就刚才，在走廊上听学生说了。”

“哦，她们传得可真快。”藤本脸上浮现出一丝苦笑。

“学生说是被逮捕了……”

“不是逮捕，只是去警察局当证人。”

“可是……”一旁的堀老师插嘴了，“实际上和逮捕差不多吧？”

“不，这么说有点过分。”

“是吗？”

“等等，”我走到藤本旁边，“能详细说说吗？”

藤本说，今天一早，大谷打来电话，说麻生老师正作为证人在警察局接受传讯。当时是松崎接的电话，因为吃惊，说话声音太大，连旁边的学生都注意到了。

“不知为什么会突然变成这样，所以我们在猜测……”

听藤本这么说，堀老师缩了缩脖子。

“凶手真的是她？”长谷也转过椅子，面朝这边。

“前岛老师，你知道什么线索吧？”堀老师问。我没回答。

小田老师在自己桌前边喝茶边说：“就算前岛老师不知道，想必她总会知道。毕竟，女人是执著的动物呀。”

“哟，男人里那种类型的也很多。”堀老师说。

这时，门开了，松崎走了进来。他神情疲惫，看起来很憔悴，脚步也有点蹒跚。

铃声响了，看样子却不像要开晨会，大概松崎也不知道把大家叫到一起该说些什么。栗原校长躲在校长室里不露面，一定是在愁眉苦脸地埋头抽烟。

课堂上，学生的反应和老师截然不同。她们表现得很活泼，似乎等着听我说什么，而且看样子是把麻生恭子和我联系到了一起，照她们的喜好任意想象。

我也心不在焉。警方传讯麻生恭子，是因为凭执著和敏感查出了什么吗？第一个案子里她有完美的不在场证明，大谷对此如何看待？还有麻生恭子前几天说的“真相根本在别的地方”这句话。这些问题在我脑中挥之不去，根本没心思好好上课。

下课后，我委婉地向松崎问起麻生恭子。他有些不悦，回答和藤本所言相差无几。我怀着心事，熬过了第二、三节课。

正在上第四节课，小田老师找上门来，在我耳边说警察来了。我吩咐学生们自习，自己冲出教室。若在平常，学生们一定会在背后欢呼，但今天不同，动静很奇怪，她们开始窃窃私语。

已经不知道是第几次和大谷在会客室见面了。

“抱歉在上课时间打扰。”大谷点头招呼。他穿着灰西服，没打领带，在我看来是典型的警察打扮。和他一起的还有个年轻警察。

大谷的眼睛布满血丝，脸上油光可鉴。可能是查出了麻生恭子这个嫌疑人，调查更起劲了。

“你知道我们把麻生老师叫去了吧？”

“知道。”我点点头，“我在想，会不会和前天我被人开车袭击一事有关。”

“不，不是。”大谷摇头。

我很惊讶：“不是？”

“对，叫她去完全是出于别的原因。”

“什么原因？”

“你稍等。”像是要让我平静下来，大谷慢条斯理地从口袋里拿出记事本，翻页的动作也不慌不忙，“昨天，我们的一个年轻同事在学校焚化炉里找到一样东西，不是别的，是手套，白色的棉布手套。”

为方便警方调查，体育节之后焚化炉还从没点过火。昨天好像是有警察在那儿搜查。

“发现手套是他的功劳。手套上沾着一点颜料。”

“颜料？”我在记忆里搜寻，这次事件中，什么东西和颜料有关？

大谷若无其事地说：“你忘了？那个魔术箱。”

几乎与此同时，我想起来了，没错，那个魔术箱是用颜料上的色。“可也不见得就是凶手的东西吧？”我反驳，“白棉布手套，体育节时拉拉队队员也用过，也许是谁无意中碰了魔术箱。”

我还没说完，大谷就开始摇头：“我们仔细检查过手套，发现里面也有已经干燥的红色颜料状东西，虽然只有一点点。你知道是什么吗？”

“红色颜料？”我一怔。

“对，是指甲油。这就不是学生的东西了。当然，最近有些学生也化淡妆，但总不会涂红色指甲油吧？”

“所以你们找麻生老师……”

“昨晚我们向麻生老师借了她现在用的指甲油。据侦查员说，见她当时神色紧张，就确信她有问题……这就不说了，反正，把她的指甲油和手套上的东西一对比，结果完全相同，所以今天早上就把她叫去了。”

我大致能猜到大谷是怎样追问麻生恭子的。一定是先详细确认她那天的行动，她不会说自己接近过魔术箱，然后大谷会拿出手套，指出颜料和指甲油这个无法解释的矛盾，麻生恭子会如何辩白呢？

“她没有辩解，大概是死心了。除了一小部分，她几乎全说了。”

麻生恭子坦白了——对我来说这很意外，大谷却说得轻描淡写。他语气平淡，让我也兴奋不起来，奇怪的是，这种情形下大谷还称她“麻生老师”。

“到底怎么回事？”我抑制住焦急的心情。

大谷像往常一样，卖关子似的叼上一根烟，吐出白色烟圈：“换酒瓶的是麻生老师，但想杀你的另有其人。”

“怎么会这么……”我把“荒唐”两个字咽了回去。如果麻生恭子没打算害我，她为什么要去换酒瓶？

“她说是被凶手威胁。”

“被威胁？”我反问，“她为什么会被凶手威胁？”

大谷挠挠头：“本来不能再多说，既然是前岛老师你，就说了吧。”他顿了顿又道：“你以前假设过麻生老师和村桥老师之间有特殊关系，对吧？那假设没错，从今年春天开始他俩一直在交往。”

果然。

“面对和栗原校长儿子的亲事，麻生老师想断绝和村桥老师的关系也是事实，这也容易想象。可村桥老师不答应。对麻生老师来说只是成人的游戏，村桥老师却是认真的。”

我想，这和 K 一样。大概麻生恭子就是这样伤害了一个又一个男人。

“村桥老师手上有证据能证明两人的关系，所以麻生老师也无可奈何。”

“什么证据？”

“你听我说。听说村桥老师始终把它带在身上，在更衣室被毒杀时应该也在。可现场却没发现什么。安全套难说不可疑，但不能用来证明两人的关系。这是怎么回事呢？”

“被凶手拿走了？”我小心地问。

大谷使劲点头：“想必是这样。麻生老师自然慌了。”

“啊，对了……”不记得是哪天了，藤本说麻生恭子问过他一个奇怪的问题，好像是“村桥身上的东西有没有被偷”，当时我不理解她为何会这么问，现在总算恍然了。

听了我的叙述，大谷也满意地挺挺胸："麻生老师的陈述又多了一个证明。"

听到这里，我已能想象后面的情形。凶手用那一把柄威胁她，让她去把酒瓶掉包。

"麻生老师是体育节那天早上在办公桌抽屉里发现恐吓信的，里面详细写着掉换酒瓶的顺序，威胁她若不照办，就把在村桥尸体上发现的东西公开。我们依麻生老师所述，在她房里找到了那封恐吓信，对了，这里有一份复印件。"大谷说着从西装内袋掏出一张叠得整整齐齐的纸，摊开来有学生用的笔记本那么大。大谷把它放在我面前。

像蚯蚓爬过似的——这么形容信上的字再合适不过了，白纸上写得密密麻麻，让人看一眼就不忍卒视。

"可能是用左手写的，或者是右手戴上好几层手套后写的，这种方法用来掩饰笔迹很管用。"见我皱眉，大谷解释道。

恐吓信上写道：

> 这是威胁信，不能让别人看。你今天必须照下面的指示去做。
>
> 一、盯紧射箭社队员的行动。她们会事先把大小道具从社团活动室搬到什么地方去，你要弄清前岛的道具——一升装的大酒瓶放在哪儿。
>
> 二、准备好手套，在第三步行动前务必戴好。
>
> 三、去一年级教学楼一层的储藏室，那里有个白色纸袋，

确定里面装着一升的酒瓶，之后马上去第一步里弄清的地点，把酒瓶掉包。

四、把原来的大酒瓶扔到没人注意的地方，纸袋要扔到别处。

五、以上步骤完成后迅速回到原处。注意，绝对不能让人看见你的行动，当然也不能告诉任何人。如不照办，你会受到惩罚，村桥身上发现的东西会被公开。附上那东西的复印件供参考。请考虑你的将来和处境，照吩咐去做。

“凶手真是居心叵测。”等我看完抬起头，大谷叹道，“借刀杀人，这等于是遥控，很难发现直接的线索。虽有大酒瓶、纸袋和恐吓信，但要想彻底接近凶手还是希望渺茫。”

而且，从恐吓信来看，凶手智商不低，没有错字漏字，指令也条理清晰。

“凶手从村桥身上拿走的是什么？现在可以告诉我了吧？”

居然会让麻生恭子绝对服从的是什么东西呢？即使它与案件无关，我也很想知道。

可我的希望落空了。

大谷摇摇头：“说实话，这个还没弄清。我开始就说了，除了一小部分，麻生老师把其他的都说了出来，‘一小部分’指的就是这个。恐吓信上写着‘附上复印件’，但早就被麻生老师撕了。”

“这样，她的话就不能全信了吧？”要说全系捏造，也并非不可能。

“不，我认为她的话可以相信。我们确认过了，前天晚上你遇袭时，麻生老师在自己家里。”

“哦？”

“这一不在场证明无懈可击，因为那天我们一直有人盯着她。另外，我已说过多次，村桥老师遇害时，她也有完全的不在场证明，再说也难以想象她会事先准备好伪造的恐吓信。”

我想起麻生恭子说过“真相在别的地方”，原来是这个意思。

“所以，实际行动的虽是麻生恭子老师，真凶却另有其人。我认为有必要请你再想想还有谁可能是凶手。”

我无力地摇摇头：“对这一点我完全……我会再想想。你们调查得怎样了？”

“调查确有进展……”提到这一点他有些闪烁其词，“线索已经不少，我们会全力追查。还有，今后的行动你务必要小心，因为麻生老师一坦白，凶手会开始着急，近期一定会对你下手。”

“我会的。”我点头致谢，“对了……对麻生老师会怎么定罪？”

“这个问题很难。”大谷的表情很为难，“她受到了威胁，不得已而为之，不能说没有酌情减刑的余地，但写恐吓信的人明显就是杀害村桥老师的凶手，并且对麻生老师来说，你确实是个绊脚石。这样，如何解释就显得很关键了。”

“你的意思是……”我大致明白了他的潜台词。

“就看麻生老师的意识里有没有间接故意，不，这种情况下应该更进一步，看她内心是否希望你死。这就不是我们警察能判断的了。”

想来麻生恭子至少觉得我死了也无所谓——听着大谷的话，我心情黯淡。

3

九月二十八日，星期六，放学后。

今天开始，社团活动获准重新开始。四处可见年轻的身影在操场上奔跑，像是在释放这段时间积聚的能量。社团顾问们也从阴郁的气氛中解脱出来，神情开朗。射箭社的活动也开始了。离全县比赛只剩下一星期，现在只有让她们拼命练习。

“没时间犹犹豫豫地练了，只能按照基本动作用力去射。耍小聪明敷衍了事可不行，就算训练能糊弄过去，比赛时绝对行不通。”对着围成一圈的队员，惠子声音响亮，说得很认真。队员们点着头，表情有些紧张。这种气氛不错，若能保持到正式比赛就好了。

“老师，您请。”惠子说完后叫我。队员们齐齐向我望来。

我咽了一下唾沫，道：“别忘了自己水平还很差，知道差距去挑战，比赛就不会在乎会不会丢人，只要去想自己现在能做到哪一步就行，这样就不会有压力，也不会犹豫了。”

“谢谢。”所有人一起说。

我有点脸红，朝她们点点头。

训练随即开始。我照例站在她们身后，检查她们的姿势。惠子认为，只要我盯着，队员们就会像比赛时那样有压力。

练了一会儿，我发现射箭场旁的弓道场附近有个奇怪的男人盯着这边。不是陌生人，是S警察局的年轻警察白石。

这两三天，始终有警察盯着我，有时候看不见他们，刚把他们忘了却又出现在视线里。从我走出公寓、上班路上、校园里，直到回家，不管我在哪儿，旁边都有他们的影子。小心到这种地步，凶手大概也无从下手了。

但警方的调查毫无进展。听白石他们说，丰田赛利卡 XX 这条线上没查出什么。当然，一千多名学生，总有人家里开那款车，可查来查去都和此案无关。再说，凶手若是学生，就有会开车的同谋，这更令调查陷入困境。教职员里没人开这款车。

警方公开调查过藏酒瓶的纸袋，发现只是随处可见的普通纸袋，并不能用来缩小排查范围——凶手那么谨慎，这一点可以预料。

我最担心的是警察对更衣室的密室情形仍有误解，听说他们还在去锁店打探，大概依然认为凶手是从女更衣室入口逃走的。

我终究没把高原阳子的话告诉大谷，那样就得把阳子策划的伪造非礼事件一同抖出。她并没有叫我守口如瓶，但我不能说。我想，若换成别人，她本不会说出那件事。她选择了我而不是其他任何人，这大概需要很大的勇气，我觉得轻易说出去意味着辜负她，何况我已经辜负过她的期待。

密室之谜得自己去解——我暗下决心。

正在胡思乱想，惠子不知何时走了过来。她往白石那边瞟了一眼，表情古怪地说："好像不该拉你来队里呀。"

"没有的事。"

"可……你想早点回家，对吧？"

"在哪儿都一样。这种时候我才想待在这儿，抱歉的是心不在焉，指导得太马虎了。"

她轻轻摇头，微笑道："不是说了吗，只要你在就行。"

之后，我久违地观察了所有队员的动作。惠子的动作很准确，但身体松弛的毛病还是没改。看来她是想暂且不管姿势好坏，先固定下来通过全县比赛再说，我也就没说什么。

让我吃惊的是宫坂惠美的进步。以前光是拉弓，她的身体就会虚弱地颤抖，现在已经能把弓拉满，不慌不忙地瞄准，让人觉得胸有成竹。她原来的姿势就很简洁，现在命中率提高了一大截，不知是不是和惠子搭伴训练的结果。

见惠美射出的箭正中靶心，我不禁喝了声彩。她垂下眼帘鞠了一躬。

“宫坂这家伙状态奇好呀。”我轻声对加奈江说。

她正盯着自己那轨迹低了一截的箭——从一年级开始她的射法一直这么粗糙——边擦汗边说：“是呀。中午休息时间她都主动练习，水平真是一天天见长……问她有什么秘诀，她说没有。”

“那是一种精神。到了不把射箭当一回事的时候，才会那么射。那是一种财富。”

“我也这么想，可……”

“这和轻视可不一样。”我笑着走开。

训练了约一个钟头，冰冷的雨滴开始掉到脸上。雨越来越大，射箭场的地面印上了一个个黑点。几个队员叹着气恨恨地抬头望天。我能体会她们的心情。好久没一起练习了，好不容易练一次又要泡汤——她们大概是这么想的。

“别管它，下雨天也要比赛！”惠子厉声说。

她说得没错。射箭比赛不会因下雨而中止，虽有“雨雾过大看不清靶子的情况下可中止”的规定，但那堪称例外中的例外。

雨水会令身体发冷、肌肉僵硬，要求队员比平时更集中注意力。而弓弦沾水后弹力会剧减，射出的抛物线也会变，在体力和技巧两方面对选手都有更高要求。

雨下大了，实力的差距显而易见。惠子出现片刻起伏后成绩马上平稳下来，加奈江的大力射法受雨势影响不大，宫坂惠美在雨中仍保持着良好状态。其他队员起伏很大，失误连连。这种状态持续了一阵，惠子见一个队员射得远离靶子，就下令停止练习。再练下去，队员不仅姿势大乱，还会感冒，我也赞成停练。

换好衣服后，队员们在体育馆一角进行力量训练。我没带备用的运动服，只好换上西装，但还是去体育馆看了看。

在室内，最有效的练习就是不搭箭地拉弓，像网球的挥拍练习、棒球的挥棒练习一样，这是射箭最好的练习法。

队员们排成一队拉空弓，我靠着墙看了一会儿，跟惠子打个招呼，走出了体育馆，因为篮球社和羽毛球社也在挥汗练习，馆里的热浪蒸得我脑子发木。出去一看，白石正坐在长椅上看报纸，看见我慌忙想起身。

“我只是到外面吹吹风。”

听我这么说，他便没站起来，却一直目送我出去。

雨越下越大，操场和教学楼周围都不见人影，整个校园变得如黑白照片一般。我深吸一口气，冰凉的风穿过鼻孔。

感觉右边好像有人，转过头去，但只是错觉。

对了，那个时候……

以前有过相似的情形，那时不是错觉，是高原阳子站在那儿，打着伞，盯着教师更衣室那间小屋。现在回想起来，她大概是在思考密室之谜，当时只有她知道北条雅美的推理不对，但她不能告诉别人。

我从一旁的伞筒里拿出自己的伞，打开，慢慢走到体育馆后面，像那天的阳子那样盯着更衣室。

体育馆里传来队员们踩地板的声音和喊声，听起来像是从远处传来，更衣室四周笼罩在一片寂静中。

能想到的都想过了……这问题至今不知已想了多少次，我甚至做梦时都在想——怎样能不经女更衣室入口而逃走呢？我也曾走进那栋屋子冥思苦想，却还是想不出所以然。

不知站了多久，我回过神来，只觉身上发冷，脊背发凉。正想往回走，又停住了，想到要做一件事。我想起了目击村桥被害时的情形，想重复一下当时的行动。当时我伸手开门，门纹丝不动，于是绕到后面，从通风口往里看。

对，像当时一样从通风口往里看看。

通风口很高，我刚刚够得着，高原阳子大概踮着脚才能勉强够到。

我像那天一样从那儿往里看，闻到的还是灰扑扑的味道。

昏暗中，依稀可以看见入口的门。记得那天看见顶着门的木棍显得很白。大谷说那根木棍不可能从门外顶住。

刹那间，我脑中闪过一个念头。也许我们都犯了一个重大错误！一两秒钟之内，我的记忆和思绪在全速运转。我感到头晕，还有一点恶心，此后，一个解开密室之谜的大胆推理冒了出来。

不，不会是这样——我摇头。我不喜欢这个违反自己心愿的推理结果。不会是这样，一定是哪儿出了错。

我逃一般跑开。

4

十月一日，星期二。

“午休时楼顶见。”第四节课开始前和高原阳子在走廊擦肩而过时，她塞给我一张纸条，上面如是写着。

这是自从今年春天以来她第二次叫我出去，但这次想必不会是邀我一起旅行。、

学校禁止学生上楼顶，平常那儿没人，但我听说偶尔还是有学生在那儿说悄悄话。吃过午饭爬上楼顶，果然有三个学生在角落里聊着什么，一看到我便吐吐舌头耸耸肩，下去了。因为看到的是我，她们大概暗道侥幸。

阳子还没来，我靠着铁栏杆俯瞰校园，教学楼的形状和建筑的布局一目了然。到这儿任教以来还是第一次这样看学校。

“这不像你呀。”

背后突然有人说话，我吓了一跳，回头看去。穿着蓝裙子、灰外套的阳子站在那儿。今天开始全校改穿长袖校服。

“什么？”

“在楼顶看学校的样子，不像是老师你，就算是消磨时间也显得无聊。”

“那怎样才像我呢？”

阳子歪了歪头：“老师先到达等候，这可不像你，你总是让别

人等，对吧？”

我无言以对，下意识地抬头看天。为掩饰慌乱，我问她：“找我什么事？”

她惬意地吹着凉风，拨弄着吹乱的头发问道：“调查情况怎样？”

“我也不清楚，反正凶手还没抓到。”

“汽车那条线呢？警察不是在行动吗？”

“是在调查，可眼前好像还没收获。说来也怪。”

“后来还有没有被凶手盯上？”

“没有。警察贴得那么紧，凶手怕是也没机会。”

“总之没进展？”

“是这么回事。”我对着天空叹气。

过了一会儿，阳子说：“后来我想了想，想到了一点。”

她的样子有点犹豫，我看看她的侧脸：“什么？”

“你大概会说是外行的想法……村桥被杀时，现场呈密室状态，对吧？为什么要弄成密室呢？”

“嗯。”我知道她想说什么，这个问题我也想过，“想得简单点，大概是想制造自杀假象。”

“可如果分析一下凶手的行动，不像是这种感觉。凶手造成有人翻过男女更衣室隔墙的假象，又把女更衣室的一部分储物柜弄湿。”

“你的意思是，凶手的目的在诱导我们误以为这是个密室阴谋？”

“我就是这么想的。”她说得很干脆，“凶手会想，再怎么巧妙地制造自杀假象，也总会被警察识破，所以去弄别的假象……这么想不对吗？”

“不，很有可能。”我告诉阳子，大谷通过追查那把在更衣室旁找到的小锁，找到了和北条雅美的推理相同的谜底。大概那把锁也是凶手故意扔的。“问题是,凶手为什么要准备这样的圈套……无论怎样，只要密室被打开，警察就会对杀人事件采取正式行动，这应该不是凶手希望的结果。”

“可是，当时凶手的处境很有利。”阳子的语气很自信。

“有利？”

“没错，因为这个圈套，真凶会被排除在怀疑对象之外。”

我想起了北条雅美解开的密室阴谋，应该是这样的：

一、堀老师打开女更衣室门进去。(这时,锁打开挂在门扣环上)

二、凶手偷偷潜至门口,用事先备好的锁换掉门上挂的锁。(四点左右)

三、堀老师走出更衣室，锁上已被掉包的锁。

四、在村桥出现前，凶手打开女更衣室门，之后在男更衣室作案。(五点左右)

五、凶手用木棍顶住男更衣室门，之后，翻墙从女更衣室入口脱身。

六、用原来的锁把女更衣室门锁上。

现在已经知道这推理不对，可舍弃它实在可惜。可以说，这是凶手下在棋盘上的弃子，究竟为什么？目的何在？

“你想，我是因为这错误的推理才有了不在场证明，既然如此，凶手大概也想利用这一点。”

“这样啊……”我终于明白了阳子的意思。这是在制造不在场证明。要实施这假想阴谋，凶手必须在堀老师进入更衣室的三点四十五分左右躲在附近，因此，凶手没有这段时间的不在场证明。

阳子因为四点钟时在家而有了不在场证明。

“凶手当时显然在别处，因为这一点逃过了警方的追查。”

“反过来说，那段时间里确实有不在场证明的人反而可疑？”

“正是。”

“真是绝妙的推理，真没想到你竟这般慧眼独具。”这不是恭维。我不认为北条雅美和大谷想到错误阴谋纯属偶然，没想到它是伪装不在场证明计划的一部分。

“我就是因为假想阴谋才有了不在场证明，所以容易想到。”很难得，她竟有些害羞，“这点伎俩，大概警察也已经想到了。你把我在村桥遇害时看到的情景告诉警察了吧？”

她语气轻松，一见我吞吞吐吐，立刻变严肃了：“没说？为什么？”

我把视线投向远处，搪塞道：“别问了，我自有想法。”

“不行，看来你是不明白我为什么要告诉你。”唐突地说出这句话后，她好像想到了什么，点点头说，“啊，明白了，是不想说出我设计陷害村桥的事吧？别替我担心，反正在大家眼里，我就是那种女人，比这要紧的是找出真凶。”

“……”

“怎么不说话？”

我沉默是因为无法回答。确实，我没对警察说，刚开始是因为不想提及阳子陷害村桥的事，但后来有了更重要的原因——我觉得自己可能已经解开真正的密室之谜！

上星期六，在雨中，我发觉了阴谋的破绽。那是个令人震撼的瞬间。我极力想忘掉那个想法，拼命摇头，然而疑惑一旦萌芽，就不受意志控制，牢牢在心里扎下了根。

当时我就下定决心——这件事我要自己解决。

阳子抬起头，诧异地看着我的脸。我脸上一定写满了苦涩，好不容易说出口的话也结结巴巴：“你要……相信我。我会想办法的，在此之前你别说出来……拜托了！”

这对她来说大概是莫名其妙的要求，但她没再追问，而是微笑着点点头，像是想帮帮表情严峻的我。

这天晚上，大谷来到我家。令我印象深刻的，是他那平时松垮垮的领带打得一丝不苟，像在表达诚意。

“在附近办事，就顺便过来了。”他强调没什么要紧事。

他说在门口就行，我把他让到客厅，面对面坐下。说是客厅，不过是在六叠大的房间里摆了张茶几而已。大谷客套道：“这房子看样子挺舒服。”

警察突然来访，裕美子看起来很困惑，动作呆板地端上茶后便无所适从起来，结果躲进了卧室，也不管大谷说“夫人可以一起听”。

“你们好像还没有孩子，什么时候结的婚？”

“三年前。”

“这么说也该要孩子了，太晚生孩子会有很多问题。”大谷一边说着不相干的话，一边环视室内，像是在判断我们的生活状态。还好裕美子不在，当着她的面可不能提孩子。

“今天来有什么事？”我催促似的开口。他说没急事，我还是着急。

大谷表情严肃起来，在坐垫上正襟危坐：“进入正题之前，我想先同你说好，今天我不是作为警察，而是作为一个男人来找你，所以，希望你也不是以被害者，而是以一个男人……不，最好是一个教师的身份来听我说，可以吗？”

他的语气很坚决，又令人感到很诚恳。我不明白他的真正意思，但没理由拒绝，就答应下来。

大谷喝了一口茶，认真地问：“你认为高中女生在什么时候会恨别人？”

一瞬间，我以为他是在说笑，但他那与平时不同的谦虚态度表明，这问题是认真的。我有点困惑，答道：“突然来这么个问题还真是难回答，不是一句话能说清的。”

大谷点头，表情放松了一点：“想来也是。成年人的案件倒不见得会那么复杂。报纸的社会新闻版总有各种闹得沸沸扬扬的事件，几乎都能用色、欲、财这三要素来概括。但高中女生就不能拿这几点来套了吧？”

“不能。”我答得很干脆，“倒不如说，这三样东西和她们最扯不上关系。”

“那什么最重要呢？”

“这个……我也不知道自己能否表达清楚……”我斟酌着字句说了下面这番话，同时脑海中浮现出好几个学生的脸庞，“对她们来说，最重要的应该是美丽、纯粹、真实的东西，比如友情、爱情，也可能是自己的身体或容貌。很多时候，更抽象的回忆或梦想对她们来说也很重要。反过来说，她们最憎恨企图破坏或者从她们手中夺走这些重要东西的人。”

“原来如此。美丽、纯粹、真实的东西……”大谷抱着胳膊。

"究竟怎么回事？你想说什么？"

大谷又喝了一口茶："你先听听目前的调查情况吧，今天来拜访就是想告诉你这个。"看来他对整个事件了如指掌，只看了两三次记事本，就凭着记忆很有条理地叙述了调查情况。内容大致如下。

关于村桥老师被害一案

很遗憾，没发现什么凶手留下的东西。唯一的线索是一把小锁，但在超市之类的地方都能买到，想从这条线索缩小排查范围几乎没希望。指纹也一样，虽然在室内和门上查出了几枚指纹，但除了当时用过更衣室的人留下的之外都是旧指纹，没发现疑似凶手的指纹。（当然，前提是凶手不在当时用过更衣室的人之中。）接着，侦查员四处寻找目击者，也一无所获。一个女生说在更衣室附近看见过高原阳子，后来阳子说自己"只是经过"，未经确认。

物证情况如上，于是大谷开始在犯罪动机这条线上下功夫。警方很重视村桥是训导主任这一事实，彻查了最近三年内受过处分的学生，发现其中也有高原阳子，便传讯了她。（大谷说询问内容我已知晓，就不再赘言。）此后，因为密室之谜被解开，高原阳子的不在场证明得以成立。根据密室阴谋，专案组推测凶手符合以下条件：其一，熟悉更衣室情况和堀老师开锁时的习惯；其二，四点前后（把锁掉包的时间）以及五点左右（村桥的推定死亡时刻）无不在场证明；其三，为实施计划准备了替换的锁；其四，对村桥怀恨在心。侦查员根据这四条几乎把清华女中一千多名学生和教职员查了个遍，很遗憾，没发现符合上述条件的人。大谷一直没放弃高原阳子有同谋这一想法，可也只是猜测，无法证实。接着就发生了小丑被杀事件。

关于竹井老师被害一案

初期阶段已经断定凶手的目标是我，所以警方着手从村桥和我的共同点上寻找犯罪动机。我说出麻生恭子的名字，经过种种曲折，已查明她是被凶手利用，此间的经过不用重复。问题在于怎么抓住真凶。

凶手留下的东西有三样：大酒瓶、装酒瓶的纸袋、写给麻生恭子的恐吓信，当然，都查不出指纹。大酒瓶、纸袋、写恐吓信用的信纸都是市面上常有的东西，几乎不可能从它们的来路去追查凶手。另外，事件中实际行动的是麻生恭子，无法调查凶手的行动踪迹。专案组着重调查以下两点：凶手在什么时候把装酒瓶的纸袋藏在储藏室，又在什么时候把恐吓信放进麻生恭子的办公桌抽屉。警方作了细致查访，但有关可疑人物的情报一无所获。

关于我被人驾车袭击一案

警方原以为知道车型就好办了，在调查了清华女中所有学生和教职员的私家车后发现，教职员里没人开这款车，有十五个学生家里有这款车。（大谷说，这是款跑车，不适合年纪较大的男性，所以数量奇少。）其中有四辆符合我说的“红色系”，而当晚都有“不在场证明”。剩下的可能性是租车或借用朋友的车，这方面目前还在调查。此案中不容忽视的一点是凶手会开车，或是有同谋，不管是哪种情况，“学生单独作案”这一思路都得修正。

大概是话说得太多了，大谷把剩下的茶一饮而尽。“不知是凶手太狡猾还是我们太愚蠢，总之一直无法接近凶手，作了大量调查，都是半路就行不通，简直像迷宫。”

“你很少说丧气话呀。”我从厨房拿过水壶，边往茶壶倒水边说。“迷宫”的形容也算贴切，密室阴谋就是最好的例子，我们顺着凶手的诱导走进迷宫，在里面挣扎。

“前面的铺垫有点长了。”大谷看了看表，坐直身体。我也不觉挺直腰杆。

“我想，你已经知道我们在尽一切力量，但我们的调查缺乏非常重要的要素，所以无法迈出决定性的第一步。你知道是什么吗？是犯罪动机。关于这点，我们无论怎样努力也查不出什么。村桥老师的案子中并不是完全找不出动机，问题是你这儿。我们以自己的方式调查过你周边，但是没有，什么都没有，你简直像在刻意避免和学生接触，没有任何值得注意的地方。我们问过几个你班上的学生，她们对你评价良好，理由是绝不干涉学生。你的绰号是‘机器’，有个学生说你能彻底冷酷反倒让她们舒服。还有学生说，学校聘你来不是当老师，而是当射箭社顾问。”

“现在的学生对老师既不信任，也没什么期待。”

“好像是。但我听说了一件有趣的事。”停了一会儿，大谷接着说，“只有一个学生说你其实是真正有人情味的老师。听说去年登山会时有个学生扭伤了脚，你便背着她下了山。虽不是很疼，你却说如果硬撑着走下山，脚会变形。告诉我这件事的学生说，正因为你自己是‘机器’，才把学生当‘人’看待。”

所谓的登山会和远足差不多。听大谷提及，我方才想起有这么回事，记得的确背过谁下山。是谁呢？想着想着，记忆清晰起来，我差点叫出声来。

没错，当时扭伤了脚的正是高原阳子。

我终于明白她为何对我有特殊感情了，仅仅因为那个举动，她忽略了我其他所有缺点。

“你好像想起当时的情形了。”

不知自己是什么表情，但大谷这么一说，我觉得脸颊发烫。

“我本认为你没有被人追杀的理由，但听完这件事后有了另一种推测。既然有人只因为一点小事就对你另眼相看抱有好感，那么反过来说也有可能。有人或许会因为一点小事而恨你……”

“这当然有可能。”这种事在女校屡见不鲜。

“那么，你认为有可能和杀人联系到一起吗？”大谷眼神严肃。

这问题太难了，但我直截了当地回答：“有。”

“嗯。”大谷沉思般微微闭上眼睛，“想必就是你刚才说的美丽、纯粹、真实的东西被夺走的时候。我又想，如果有这一类的理由，有没有可能出于友情去协助犯罪。”

“你是说同谋？”

大谷慢慢地点头：“我也有过好几次经验，知道青少年的心会被一种超越法律和社会规范的强大力量左右，我觉得，这次调查之所以无法克服障碍，原因也在这里。几乎没有目击者或证人，照理说应该会有人知道些什么，却不去积极告知警方。她们并非知道凶手是谁而庇护，而是不管凶手是谁，都不希望她被逮捕，因为她们可能本能地理解凶手的切肤之痛。这是一种同谋。我感觉，清华女中全校上下似乎都在隐瞒真相。”

我觉得心脏像是被刺了一箭，知道自己的脸色很难看。

“前岛老师，就看你了。能推测犯罪动机的人只有你。”

“不，”我摇头，“如果能推测，我早就说了。”

“请你再想想。”大谷的声音很迫切，“如果说你刚才的话一语中的，那就是——你和村桥老师从谁那儿夺走了美丽、纯粹、真实的东西，因此被怨恨。请想一想，答案应该就在你的记忆里。”

我只能抱住脑袋。

大谷平静地接着说：“我不要求你立刻回答，但对我们来说，那是唯一的希望，请你一定要慎重着想。”

说着，他站了起来，身体似乎很沉。我也心情沉重地站起身。

5

十月六日，星期日，市民运动场，天气晴朗。

“风太大了，真头疼。”惠子边整理弓具边说。她不时用手按住白帽，以免被风吹走。

“就看你怎么想了。如果因为刮风，大家的水准都降低，我们反而有机会。”加奈江说。她好像很确信自己不会受天气影响。

“没那回事。一流选手不会受这么点风的影响，但对边缘线上的选手来说，这风实在讨厌。”

好像只有她们俩不慌不忙，因为已习惯了比赛。虽然这是高中时代的最后机会，她们却没什么紧迫感。一年级学生就不用说了，本该轻松上阵的二年级学生看起来也很紧张。

准备好弓具后，全体队员在运动场一角做体操，之后围成一圈。我也走进她们的圈子。

“到了这份上，紧张也没用，只有尽力去射，大家要把平常训练的成果充分表现出来。”惠子说。

接下来轮到我。“在此我什么都不想说。加油！”

队员们高呼一声校名后解散。今天比赛结束之前她们不再集合，名副其实的孤军奋战开始了。

比赛以五十米和三十米射程的总分来计算成绩，两分三十秒之内射三箭算一次，五十米射十二次，三十米射十二次，总共七十二箭，满分为七百二十分。

女子组参加选拔赛的有一百多人，只有前五名能参加全国比赛。惠子去年是第七名，今年对她来说是个机会。

我坐在加奈江的弓具盒上，看着队员们以往的成绩记录本。惠子走过来说：“就看能发挥多少了。”

“昨天情况如何？”我仍盯着本子。

“还行吧，不知以老师的眼光来看会怎么样。”

她的话里隐约有责怪我的意思。这也难怪，这两三天我都没怎么参加队里的训练，放学后便立刻回家——就这样迎来了今天的比赛。

“我相信你们。”我放下记录本站起身，向主席台走去。

她能听出这句话的另一层含意吗？

比赛即将开始，主席台那边正在细心准备。记录组人员尤其谨慎，因为比分差距往往就是一两分，一点点错误都会影响全局。

这次比赛采用相互看靶的记分方式。在一般的个人比赛中，不是一人射一个靶，而是两三个人共用一个靶，所谓相互看靶，就是射同一个靶的选手相互记录得分。当然，光这样还无法公平记录，因为有时记录者和被记录者对得分的意见会不一致。比如，当箭射中靶上十分和九分的交界线时，按规则，只要稍稍碰到交界线就算较高得分，但箭的位置有时模棱两可，这时射手当然会力争较高分数，作为竞争对手的记录者则会主张较低分数。这种情况下就要请裁判查看后给出公正的分数，射手和记录者对此无反驳权。每射完两次即六支箭后，记录者把总分报给主席台的记录组，由工作人员记录在得分栏上，发布赛事的阶段成绩。

“嗨，前岛老师。”主席台帐篷里有人冲我打招呼，是R高中的井原。他又矮又胖，以前是知名射手，微黑的脸孔表情冷峻。

“听说今年清华派出的是最厉害的选手？”他们学校连续三年参加了全国比赛，他说话的语气透着自信。

我苦笑着摆摆手：“只能说是比以前略好。”

“哪里，不是有杉田惠子吗？今年她应该没问题。另外，朝仓加奈江的实力也令人期待。”说着，他靠近过来，迅速瞥了四周一圈，低声问，“有人说清华今年会弃权呢，你们的社团活动没受影响吗？”他大概是通过报纸和电视听说了凶案，但一定不知道凶手的目标是我，否则会是什么表情呢？——这么一想，他那担心的表情在我眼里显得有点滑稽。

应付完井原，我过去和组委会委员们打招呼。大家都不提比赛的事，目光灼灼地对我说：“听说你们那儿很不平静呀！”我只说了句“不太清楚”，就走开了。

比赛从九点整开始，五十米试射三箭之后开始进行第一回合。个人赛中，同一学校的选手分开参赛。我坐在加奈江后面观战。

加奈江很快射完三箭，歪着头用望远镜确定中靶的位置，不大高兴地走过来。

“九分、七分……最后一箭是六分，大概是太使劲了。”

“二十二分，还可以。”我点点头。

这时广播通报还剩三十秒。几乎所有选手都已射完。

“你看，她还是老样子……”

顺着加奈江指的方向看去，惠子正不紧不慢地瞄最后一箭。她身边已空无一人。如果超时，射完的几箭中要被扣掉一个最高分。

“真拿她没办法。”

我正自言自语，惠子的箭呼啸而出，砰的一声插在靶上，喝彩声掌声随即响起，看样子射得不错。她吐了吐舌头，退出起射线。

十二点十分，五十米比赛结束，休息四十分钟。

女子组第一名山村道子（R 高中），第二名池浦麻代（T 女高）……第四名杉田惠子（清华女高）……这算是合乎期待的结果吧，惠子满意地笑着，啃着三明治。

“加奈江现在是第八名，很有希望，只要再超过三个人就行啦！”

“可我最近三十米状态不好，只能尽量不失误。惠美才不简单呢，一年级能排第十四名，可真创了我们射箭社有史以来的纪录。”

“哪有……只是侥幸，下午一定没这么好。”宫坂惠美谦虚着，声音细若蚊蚋。她最近状态很好，在比赛中竟也能保持这种水平，实在令人诧异。看她身姿柔弱，不知哪来那么坚强的意志。

进入三十米赛后，三人依然保持着良好的状态，但排名靠前的选手一般不会失常，所以很难指望她们三人的名次有大幅提升。

“照这样下去，顶多是第六。”到了比赛后半程，加奈江的声音也没了活力。

“如果剩下的几箭都拿十分，就能大逆转了。”

“话是这么说……对了，老师，你不去看看惠子行吗？刚才好像掉到第五名了。”

我早注意到了。原先排第五的选手对三十米赛是出了名地拿手。

“她没事。再说，我去看也帮不了什么。”

“可老师今天一直在我后面，一眼都没去看过惠子，怎么回事呢？”

“什么事也没有，别胡思乱想，专心射箭。”我的声音变严肃了，加奈江也没再说什么。

今天的我看起来大概很奇怪，但现在只能这么做。

“呀，我得换箭了。”像是要转换话题，加奈江打开箭筒拿出一支新箭。她刚才用的箭羽毛快掉了。

“好了！我会加油。”她声音响亮，说完把敞着的箭筒放在一边，往今天已去了无数次的赛场走去。

我的视线落在她的箭筒上，发现了异样的东西——我送给她的幸运箭。是我送给她的，她带着也很自然，问题在于箭上的编号。

通常，射手会把自己的箭一支支编号，以掌握箭的状态，从而在比赛中能用上最好的。我注意到的是那个编号，奇怪加奈江怎么拿着那个号的箭。为什么她会有这支箭———我想着其中的含义。也许没什么重要的意义，可我心中一阵汹涌。这支箭里有文章。这支二十八点五英寸的箭……

刹那间，我的心猛地被什么揪紧了。我呼吸困难，头痛难当。

二十八点五英寸……

心里狂风大作，我屏住呼吸，凝视着浓雾渐渐被风吹散。

第七章

1

十月七日，星期一。天空仿佛被涂上了厚厚的灰色，这样的天气适合我此时的心情。

第三节没课，我夹在去上课的教师中间走出办公室。

清华女子高中的医务室在教师办公室正下方。校医志贺经验丰富，总是穿着白大褂，戴着金边眼镜，背地里被人叫作“老处女”，其实已经有了个念小学一年级的女儿。

我进去时，幸好只有她一个人。她正在桌前写东西，一见到我就说：“真是稀客，是来拿醒酒药吗？”她边说边转过转椅朝着我。大概是大我一岁的缘故，她对我说话总用这种语气。

“不，今天找你有要紧事。”确认走廊上没人，我迅速关上门。

“别吓我！”说着，她搬过床边的圆椅让我坐。空气中掠过药品和香水混合的气味。“什么要紧事？”

"其实……"我咽了一口唾沫，慎重地说出要问的事。

"很久以前的事了。"她跷起二郎腿说。这动作和语气让我觉得有些不自然。

"当时发生过什么我们不知道的事吧？只有你和她们知道。"

"你这问题很怪。"她像演员似的夸张地摊开手摇摇头，"我完全不明白你指的是什么，她们是谁？"

"就是她们。"我说出名字，注视着她的表情变化。

她没有马上回答，把玩着桌上的镊子，又看看窗外，过了一会儿，嘴角浮出微笑："为什么现在想起来要问呢？"

我没放过她眼中闪过的一丝慌乱："我只能说，因为必须知道。"

"是吗？"她脸上的笑意消失了，"既然你这么表情恐怖地追问，想必是和事件……两位老师遇害的事件有关。但我不认为当时发生的事和杀人事件有什么关系。"

"当时发生的事……"我不禁长叹一声，"果然有事。"

"对。本来我打算永远埋在心底的。"

"能告诉我吗？"

"老实说，我希望你别问……"她的肩膀起伏了一下，是在深呼吸，"我就不问是什么原因让你猜测当时发生过什么，而且会来问我了。你猜得没错，当时确实发生了一点事，乍看是不起眼的小事，其实很严重。"

她把当时的"事件"详细告诉了我。事情确实很严重，瞒到现在没人知道简直匪夷所思。她也解释了一直保密的理由，当然，这理由合乎情理。

我既惊讶，又深深绝望，原本闷在心中模糊不清、希望是个错误的推测，现在已现出轮廓，无比清晰。

“我说的符合你的期待吗？”她微微歪着头问，“虽然我无法想象你希望知道的事情本质是什么……”

“不，已经够了。”我黯然垂下头。似乎有什么东西在往心底沉落。

“要说你这大侦探的推理如今得到了证实，这脸色也太难看了吧。”

“是吗？”我像梦游症患者一般站起来，晃悠悠地向门口走去，正要开门，回头欲言又止，“那个……”

她用指尖推了推金边眼镜，又恢复了刚才的温柔表情：“放心，我不会告诉任何人。”

我谢过她，走出医务室。

第四节课，我让学生们做课本上的题和发给她们的练习题，她们小声发着牢骚。这五十分钟，我一直看着窗外，脑子拼命去解一团乱麻。就快解开了。

铃声一响，我收回习题，学生们起立，鞠躬。走出教室时，听见有人毫无顾忌地说：“这算什么课？”

午休时，我只扒了一半饭就匆匆站起。藤本对我说了什么，我随口应了一句，大概答非所问，他一脸惊奇。

走出教学楼，我发现校园里早已恢复了以前的热闹，学生们坐在草坪上谈笑，神情和一个月前没什么两样。要说有什么变化，只是她们的校服换了，还有，树叶也开始变黄……

我经过她们旁边，朝体育馆走去。有几个人一看见我就开始窃窃私语，大致能想象她们在说些什么。

来到体育馆前，我向左瞥了一眼，更衣室就在楼对面。出事之后，那地方我不知去过多少次，现在不用去了，谜底已浮出水面。

爬上体育馆里的楼梯，我来到一条昏暗的走廊。走廊对面有两个房间，一个是乒乓球室，另一个是剑道室。剑道室的门开着一条缝，透出灯光。我走近门口，发现里面有人——有挥舞竹刀和踩地板的声音。

我慢慢推开门。宽敞的屋子中央有一个挥舞竹刀的背影，每挥一下，头发飘动，裙摆摇曳，动作敏捷有力。

听说北条午休时间也在苦练，这正说明了她的性格。现在看来传言并非无中生有，她真是了不起。

她大概以为进来的是剑道社队员，听到开门声后仍继续挥刀。过了一会儿，像是感觉有人在盯着自己，她放下竹刀，回过头来。看到我，她吃惊地睁大眼睛，不好意思地笑了，那表情和剑道社王牌简直判若两人。

“我有话问你。”大概是心情紧张，我声调有点高，宽敞的屋子里回音缭绕。

她静静地走过来，把竹刀收进袋子，然后突然在我面前端正地坐好，抬头看着我说：“好的。”

“你不用那么正襟危坐。”

“还是这样轻松。老师也坐下吧。”

“啊……是吗？”我莫名地觉得自己气势大减，盘腿坐下。地板有些凉。这真是个奇怪的女孩。

我做了个深呼吸。雅美表情冷静地等我开口。

“不是别的，还是关于密室阴谋。”

“您想说有矛盾？”她接得自然，呼吸丝毫不乱。

“不，没有矛盾，推理很完美。”

她点点头，充满自信，像是要说“是吧”。

我接着说：“不过，有一点我不能理解。”

她脸色微变：“什么？”

“那就是……你的观察太敏锐了。”

她掩嘴扑哧一笑：“我还以为您要说什么呢，您是在用拿手的委婉方式夸奖我吗？”

“不，不是。我是说你的推理敏锐得有些不自然。”

“不自然？”这回她哼了一声，“什么意思？”

她毫不掩饰不悦的心情。她一直出类拔萃，连老师们都另眼相看，现在我对她的绝妙推理挑起毛病，大概伤了她的自尊。她看我的眼神变得像地板一样冰冷。

凶手或许也算计到了她的自尊。

“关于那起事件，你是局外人，唯一的牵连就是，你和被怀疑的高原阳子是初中就认识的朋友。和事件有关的内幕你应该知道得不多，却作出了绝妙推理，解开了那些和事件有关的人以及好事者们冥思苦想也想不通的谜。这不是不自然又是什么？”

北条雅美一动不动，端坐着举起右手，在眼前竖起食指，冷静地回答：“只要知道凶手不可能从男更衣室入口逃走这一点就够了，至于女更衣室入口的上锁方法和更衣室构造，都可以自己去查。”

“也许你确实得到了必要的资料，但要使推理成立，只怕还需要掌握相关情况吧？比如堀老师的开门习惯，你说自己不是事先知道，而是推测。这可能吗？我觉得对一般人来说不可能。”

“我希望您说的是一般的推理能力。”

“你是说你的推理能力非同一般？”

“从您的说法来看，是这样。”

“我觉得不对。”

“哪里不对？如果不是推理，您的意思是什么？”雅美像是在抑制着焦急，慢慢地低声问道。她挺直腰杆，双手放在膝上，乌黑的双眸紧盯着我。

我看着那双好强的眼睛：“我正想问你这个。”

2

放学后。

比赛次日停止训练，射箭场空无一人。旁边操场传来其他运动社团的叫喊声，只有这片空间沉浸在一片异样的寂静中。

我穿过射箭场走进活动室，拿出自己的弓具，架好弓，把护胸、护腕、箭筒系好。站在起射线上，觉得身心都挺了起来，像是被植入了金属芯。

终于到了最后一步……

心情不可思议地平静，也许是知道已经将自己逼到无路可退的境地。我深吸一口气，轻轻闭上眼睛。

听见有人踩着杂草走过，一回头，身穿制服的惠子正穿过射箭场旁往活动室走去。

她轻轻挥挥手，对我说了声“真早”。我也冲她挥挥手，不知是否掩饰了僵硬的表情。

惠子抱着看似沉重的书包进了活动室，门砰的一声关上，像是撞在我心上。

“今天放学后有事吗？”第五节下课后，我叫住她。她回答说没什么事，我说那就一起射箭吧。

“老师主动找我可真难得呀，当然没问题。要准备参加全国大赛了，能给我开小灶了吧？”

昨天的全县比赛，惠子最终保住了第五名，加奈江第八，宫坂惠美也获得第十三名的好成绩，对清华女中射箭社来说算很有收获了。当然，对于现在的我来说，这已经无关紧要……

“那是当然，最好没人打扰。”我想尽量说得随意，可口气听起来有点不自然。惠子并没在意，说了句“放学后见”就进了教室。

惠子……就这么被抛出去了吗——看着她的背影，我想。

盯着紧闭的房门，我还在困惑这么做对不对，心想，没必要这么做，就这样不闻不问任时光流逝，只要日后能想起曾经发生过这种事就行了。就算我坚持自己的做法，也没人会得救，没人会高兴。这么一想，心情更加沉重，甚至想就此逃走，但另一方面，想知道事情真相的念头左右着自己的意志，这也是事实。

门开了，换好训练服的惠子一手持弓走了过来，腰间的箭筒咔嚓作响。

“好久没有两个人单独练了，有点紧张。”惠子开玩笑似的缩缩脖子。

我说："先随便射五十米靶吧。"

挂好靶，我们站在五十米起射线前。惠子面向靶子站在右边，从我这边能看到她的背影。

我们俩开始射箭，几乎没有对话，各自射了六支，说的只是相互打气的"射得好"。

收回箭往起射线走，惠子说："我不太赞成比赛第二天不训练。一参加比赛，姿势总会乱，最好尽快修正过来，所以最好还是比赛次日接着练，过一天再休息。"

"我会考虑。"我心不在焉。

这样的情形重复了几次。我没怎么练，假装在专心指导她，其实脑中只想着一件事——该怎么开口呢？

到了五十米的最后一次。

"看来会比昨天的成绩好呢。"惠子把计分册卷好放进口袋，开心地说。我说了句"太好了"，她如果回头看见我紧绷的脸，一定会感到诧异。

她搭上箭，慢慢举起弓，缓缓拉开，神情严肃。弓拉满了，嗖的一声，箭飞向空中，急速穿过空气，砰的一声正中靶心，箭的影子如同日晷的长针一般从靶心投射出来。

"好箭法！"

"谢谢。"惠子愉快地搭上第二支箭。一年级时瘦削的肩背现在看起来强壮多了，这三年里身心都已成长——一瞬间，我走神了。

她调匀呼吸，准备再次举弓，锐利的目光看着靶子。

只有现在了，如果此时不说出来，就永远别想开口。我一咬牙，叫了一声："惠子。"

正准备摆开架势的她停住了，紧张的神情倏地松弛下来。她放松身体，问："什么事？"

"有事问你。"

"嗯。"她看着靶子，等我开口。

短短的几秒钟，我口干舌燥。舔舔嘴唇，调匀呼吸，我自言自语般说："杀人……你没害怕吗？"

我不知她是否马上明白了这句话的意思。过了一会儿，她才作出反应。

她长长呼出一口气，然后用平时那种语气说："我不大明白你的意思。说的是那起事件吗？"

"对，就是它。"

她声音爽朗，半开玩笑地说："原来我是凶手呀。"

我看不见她的脸，大概也是恶作剧般的表情。她就是这样的女孩。

"我不会去检举，只是想知道真相。"

惠子沉默了片刻，像在琢磨怎么逃避，又像对我突然追问感到困惑。我不知道她在想什么。

她慢慢举起弓，像刚才那样拉满，奋力射出。箭嗖地中靶，插在靶心左侧。"你说，为什么我会是凶手？"惠子保持着姿势。她的语气仍那么悠闲，令我吃惊不已。

"因为能布置出那个密室的只有你，我不得不认为你是凶手。"

"说得太奇怪了。照北条雅美的推理，那是任何人都能做到的简单办法，不是吗？那还是老师你告诉我的呢。"

"那办法确实谁都能做，但其实是个圈套，凶手实际上并没有真正使用。"

惠子再次沉默，我觉得她是在掩饰内心的震惊。

"这想法真是有趣又大胆。那么，凶手用的又是什么办法呢？"

她说得轻松，这回答本身就像在表明她并非和事件无关。我更绝望了。

"发现这个圈套是因为我确信凶手并非从女更衣室入口，而是从男更衣室入口逃走。之所以这么有把握，是因为有你不知道的证人。案发时那人正好在更衣室后面，能证明没人从女更衣室入口逃出来。于是，北条雅美的推理就不能成立。也就是说，凶手是从男更衣室入口逃走的。这样，密室阴谋的关键就集中在一点，即是否能从门外用木棍把门顶住。这一点警察早就查证过，答案是不可能，因为从发现的木棍上找不出丝毫动过手脚的痕迹，对木棍的长度、大小、形状和弯曲度的检查结果，也证明无法从门外进行远距离操作。"

"你是说这种见解不对？"她的声音有点沙哑，但仍很平静。

我知道她在想什么，摇摇头说："警察的见解没错，这也正是我苦恼的地方。其实，警察和我都在重复毫无意义的试验。那根木棍不可能从外面顶上，但我们没想过换了其他棍子会怎样。"

惠子的背痉挛般动了一下。像是在掩饰自己的失态，她大声询问："其他棍子？这话什么意思？"

"比如，假如凶手用的是更短的木棍会怎样？被发现的那根木棍大约和地面成四十五度角，这样顶着门需要很大力气，无法远距离操作。但如果木棍和地面的角度接近于零，就不需要多少力气，从门外也可以操作。”

这简直像是在上物理课。惠子怀着怎样的心情在听呢？我看得出来，她的肩膀开始微微颤抖。

“也许当真有你说的那种木棍，可事实上顶住门的明明就是那根，你不是也看到了？”

“没错，当时照你说的从通风口往里看，确实看见那根木棍顶着门。”

“这么说……”

“你听我说。我确实看见了那根木棍，但不能因此断定没有其他木棍顶着门，对吗？”

“……”她无言以对。

“怎么啦？”

“没什么。然后呢？”

“你看下面这说法怎样：凶手事先准备了两根木棍，一根是在杀人现场被发现、无法从门外操作的，姑且叫第一根棍；另一根是长度、弯曲度都能从门外操作的，把它叫第二根棍。作案后，凶手先把第二根棍用结实的线或铁丝缠住，线的一头甩到门外，然后把门打开一条勉强能过一个人的缝，把两根木棒靠在门上，出去后小心关上门，这样两根木棍会轻轻顶住门。这时，凶手用刚才准备好的线或铁丝，让第二根棍牢牢把门顶住。第一根棍不是拿来固定门的，不用管它。最后，把线或铁丝剪掉。”

发现尸体时，我从通风口往里看，昏暗中看见一根顶着门的长木棍，那是第一根棍，也就是“替身”。

“想象力真丰富。”惠子故意摇摇头，那动作看起来像在忍受

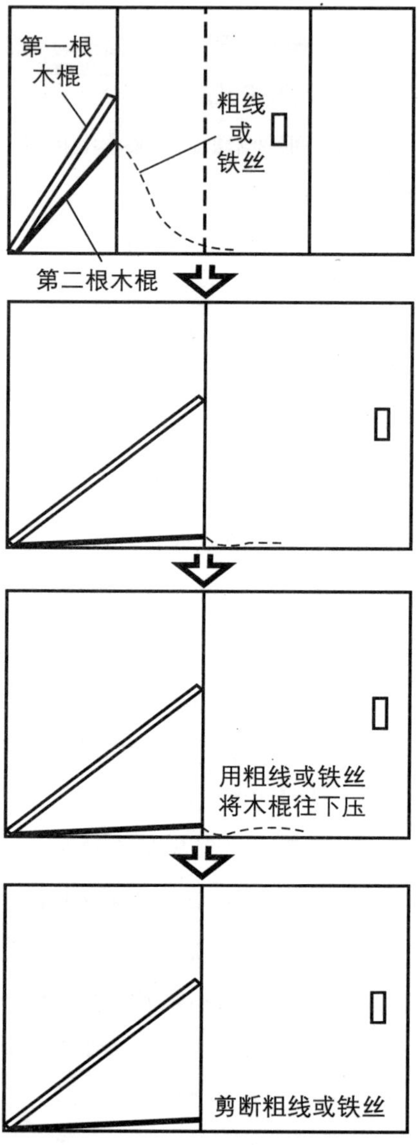
第一根
木棍
粗线
或
铁丝
第二根木棍
用粗线或铁丝
将木棍往下压
剪断粗线或铁丝

着什么，“可门上确实有你所说的第一根棍顶过的痕迹，这怎么解释？”

“这个简单，只要事先弄好印迹就行。相反，不能留下第二根棍的痕迹，要用皮革或布片之类的东西把棍子两端缠上。”

“嗯……理论上讲得通。”

她从箭筒里拔出第三支箭，小心地搭在弦上——在我看来，她是想借此让自己平静下来。“还剩下一个重要问题。如果你说的是事实，撞开更衣室门进去时，屋子里应该有第二根木棍。”

我轻轻吐出一口气：该摊牌了。

整个阴谋最重要的问题就在这里，而这也正证明布置机关的是惠子，我预料到她会拿这点来做挡箭牌。

“这确实是个难关，因为是我证明当时室内没有那东西。但破门而入时，我的注意力全在村桥的尸体上，如果凶手趁机收回物证，我就见不着了。那么，能收回的是谁呢？很遗憾，惠子……只有你。”

如同被冻住一般，她僵立不动，不知正现出怎样的表情。我乘胜追击：“当然，你大概会说，那么长的木棍无法避人耳目，如果拿在手中会令我感到奇怪。不错，一般情况下是这样，但你选择的第二根棍却是拿着也不会让人起疑的东西。”

惠子抬了抬头，想说什么，但终究没有开口。

“也不用卖关子了，那就是——箭。这样，只要放进箭筒就不会被发觉了。你的箭太短，用的大概是我送你的幸运箭，长二十八点五英寸，也就是七十二点四厘米。我测试过了，这大约是能顶住更衣室门需要的最短长度。这个长度不仅只需一点力气就能把门牢牢固定，还有个好处，即顶着门的箭隐在门轨里，从远处看不清楚。另外，箭的颜色也不惹眼，没人会注意昏暗的屋子角落横着一支细细的黑箭，何况还有引人注目的替身——第一根棍。”

我一口气说完，等待她的反应。我期待她会死心，将事实和盘托出，因为我不想这样一再追问下去。但她不动声色：“有证据吗？真是个不错的推理。第二根棍……有意思。但如果没证据，终究只是个假设。”

她想必大受刺激，却还能如此冷静应对，令我很是佩服。如果没有这样的意志，也不会引发这起事件了。

“当然有证据。”我声音里的冷静不亚于她，“你看看带在身边的幸运箭号码，写着‘12’，对吧？我送给你的箭应该是 3 号，可

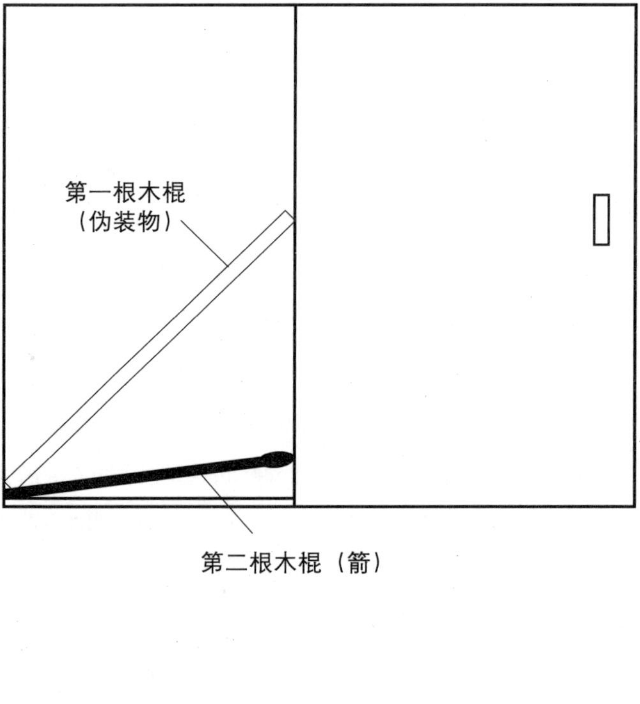

3 号箭不知为何却在加奈江那里。这是怎么回事呢？我是这么推测的：用来顶门的是 12 号箭，3 号箭自然在你身边，尸体就要被发现时，你把 3 号箭放回我的弓具盒，破门而入的一刹那，你捡起 12 号箭放进自己的箭筒。你本该把这两支箭换过来，但你没换，大概是没想到我会记得箭的号码。后来加奈江也说要幸运箭，选的恰好正是 3 号。”

昨天在比赛现场发现写着“加奈江”字样的箭是 3 号时，我再也无法无视一直被自己忽略的设想，所有的谜团也因此连锁反应般迎刃而解。

“这个……”惠子又举起弓，“也不过是推测而已。我有许多理由可以辩解，首先，那天我不是一直在和你一起训练吗？”

她拉开弓，开始瞄准，肌肉紧张——估摸着这紧张到了顶点，我不动声色地说：“你的任务是布置密室，杀死村桥是宫坂惠美的事。”

砰的一声巨响，惠子的弓弦断了。猛地松开的弓朝反方向弹去，在惠子手中颤抖不停。

3

惠子重新上弦，我默默把视线投向远处，发现一直守着我的警察白石待在射箭场的背阴处，正看着这边打哈欠。想必今天他也会报告“情况正常”，如果得知我们的谈话内容，他大概会惊得目瞪口呆。

“弄好了，接着说吧。”惠子又站在起射线前，似乎这种情形下还要接着射。我能感觉，这不光是因为她不想让我看见她的表情，还透着一种莫名的倔犟。

我口干舌燥，慢慢开口：“你的同谋……不，她是直接下手的人，叫主犯更合适。当然，我断定宫坂是主犯有各种根据。事实上，在识破两根木棍的伎俩时，我就确信主犯在射箭社内部，理由有两个，一是你有完美的不在场证明，二是你只在那天延长了训练间隙的休息时间。你对训练一向严格要求，那天却把平常十分钟的休息时间延长了不止五分钟，主犯就是在那十五分钟内杀了村桥，用刚才说的办法把更衣室弄成密室后赶回社团。本来预计十分钟，但主犯没按时回来，你就若无其事地延长了五分钟，对吧？”

惠子一言不发，只是盯着靶子，保持姿势，像在催促我说下去。

“至于你们为什么非要把更衣室弄成密室，照我的理解，简单说就是为了制造不在场证明，就是说，你们的最大目的是让警察推测出错误的密室阴谋，照这个错误推理，凶手为了换锁，必须在堀老师进更衣室的四点左右潜伏在更衣室附近，这样，当时正在训练的所有射箭社队员都会被排除嫌疑。当然，为把警察诱进圈套，你们设下多个陷阱，在更衣室隔墙上留下有人爬过的痕迹，用水弄湿靠近门口的储物柜，故意扔下同样的锁。但光凭这些暗示还无法保证警察展开错误推理，于是，你又准备了一个确保能提出错误推理的人，那就是北条雅美。”

惠子突然发出了打嗝般的声音，我知道她握弓的手在使劲。见她这种样子，真想就此打住，我又不是虐待狂……

但我朝着真相继续迈进，那是自己也无法抑制的冲动。

“照我的推理，在当初的计划里，提出假推理是你的任务，没想到从我这儿听说北条拼命想帮朋友高原洗刷嫌疑，于是想到把这个角色推给她。我刚才问过她，已经确认这一点。”

北条雅美刚才的话在耳边回响：“堀老师的开锁习惯是杉田说的，但不是直接告诉我，而是我偶然听到她对我旁边的同学说。解谜的过程当然是我自己的见解。”

“不是她偶然听到，而是你说给她听的，而且你也断定以她高傲的性格，不会主动说是从谁那儿听到了暗示。就这样，她提出了假阴谋，警方把它当成了有说服力的推理。”

见我停下来，惠子喃喃道：“接着说。”声音低得让我吃惊。

“就这样，我推定杀害村桥的凶手是你和射箭社的某个队员。当然，小丑被杀事件也一样……威胁麻生老师，让她掉换酒瓶，实在是高明的手段，但我无论如何也弄不明白动机，因为我相信，不管你们和村桥之间有怎样的过节，对我都绝对不会心生杀意。但我不得不承认小丑被杀这一事实。动机是什么？我按照自己的想法，在记忆里细细搜索了一遍，却找不到答案。这时，另一个疑问冒了出来，那就是：为什么要准备化装游行这么一个巨大的舞台？我试着去想，你们没有理由杀我，却有理由杀小丑。一个可怕的想法在那一瞬间闪现出来。”

我深吸一口气，慢慢地说：“你们要杀的不是我，被视为不幸牺牲者的竹井老师才是真正的目标。”

听到这大胆的推论，惠子仍然纹丝不动，但脖子分明发红了。

“小丑换人是你给竹井老师出的主意。他向我提出换角色时显得很自信，我当时就该怀疑。不知道射箭社化装程序的他会那么自信，一定是知道你会帮忙。体育节之前，化装游行的扮相和各位老师要扮演的角色已经四处传开，我认为这也是你们做的手脚。为什么要这么做呢？一方面是让警察无法缩小凶手范围，另一方面是为了制造借口好让竹井老师提出换演小丑。”

惠子回了一下头，马上又转过去，呼吸变得急促。

“我想起一件事，就是第二学期开始后，我好几次几乎被害死——差点被从月台推下去，差点触电，花盆从头顶上方掉下来……每次都捡了条命，我以为那是幸运。其实那是你们的一着棋，目的是制造凶手的目标是我、和竹井毫不相干的假象。为什么要制造假象呢？简单说就是搅乱警方调查——单就这一点来说，你们的手段真是太周密了。这里头隐藏着一连串事件中最重要的一点，你们为了行凶想出各种伎俩，最费心思的莫过于这一点，就是让人产生错觉，认为目标不是村桥和竹井，而是村桥和我。”

惠子从箭筒里拔出箭来，想搭在弦上，手一抖，箭滑落脚边，她想去捡，却双膝一弯，跪在起射线上。她慢慢回过头来，仰脸看着我。

“真不愧是‘机器’！”

她脸上浮出一丝笑容，我感到身体被无可名状的虚脱感包围。我茫然伸出手，惠子拉住我的手站起来。

“今天你叫我来这里时，我已经有了心理准备。你最近好像在躲着我。但坦白说，没想到你能彻底看穿。”

我握住她的手，盯着她的眼睛说：“你们的目标是村桥和竹井，但不能直截了当地置他们于死地，否则，只要追查他们俩的共同点，你们就很容易遭到怀疑。这两人的共同点是什么？阴险的数学老师村桥和快乐的体育老师竹井，这两人看似毫无共同之处，也正因如此，他们唯一的共同点显而易见，那就是今年夏天集训时他俩曾一起查夜。惠子，确实是……那天晚上吧？”

惠子点点头：“是。”

“那天晚上一定出了什么事。为了弄清楚，我翻过当时的社团日志，发现第二天宫坂请假没参加训练，理由是来了例假……后来才知道是手腕扭伤，很长一段时间她都戴着护腕。注意到这一点，我觉得手腕的伤可能有文章，不，究竟是不是扭伤也很可疑，于是去问了校医志贺大夫，她给宫坂包扎过伤口，大概会知道些什么，结果不出所料……应该说比预料的还严重。”

志贺是这么告诉我的：“那天晚上，大概十一点左右，杉田惠子悄悄来到我的房间，说同屋的宫坂身体不舒服，让我去看看。我急忙赶过去，进屋一看吓了一大跳，屋里四处扔着沾血的布和纸团，宫坂摁着手腕蹲在那儿。杉田说是不小心摔破了牛奶瓶，被碎片割伤了手腕，因为怕事情闹大才谎称身体不舒服。我给她做了应急包扎，她们俩求我保密。我想反正伤得不重，传开了也没什么好处，就没说出来。”

志贺犹豫了一下又说：“但凭我的直觉，宫坂是想自杀，那伤口是用剃刀之类的东西割的。本来不该放手不管，可我想有杉田在她身边，先让她好好睡一夜再说。后来我也在注意她，没发现什么异常，也就放心了……”

那天晚上，在我不知道的地方有过自杀未遂事件——它给我的冲击超过了预料。这事实也让我确信，它才是这起事件的起因，惠子的同谋（也许应该说主犯）是宫坂惠美。

“如果凶手的目标是村桥和竹井，警察一定会很快注意到集训时两人曾一起巡夜这一点，进而彻底调查集训时发生的事，很显然，那样就会从志贺大夫那儿问出自杀未遂一事，你和宫坂很快就会被盯上。你们害怕这样，就想出了设置‘凶手目标不是竹井而是我’这个圈套，周密准备之后就有了小丑事件。换成别人大概也会上当。你们成功地走到了今天。”

惠子静静听着，乌黑的眼睛一直看着我，等我说完，她一下子挪开视线，自言自语般说道：“惠美要想活下去，就只有让那两个人死，所以我帮了她。”

“……”

“为什么要在更衣室杀村桥，这和你的推测一样，是为了制造不在场证明，也是为了迷惑警察。启发来自以前读过的推理小说，我相信不会被识破。那天，惠美把约村桥出来的纸条放进他的外套口袋，约定时间是五点。为配合她，我调整了射箭社的训练时间，从五点开始休息。”

天热时，男教师习惯把外套放在储物柜里。放储物柜的屋子就在教职员办公室隔壁，能自由进出，在那里偷偷递纸条可以说是个好办法。

“可我又想，不知道村桥会不会来。纸条上没写名字，他可能会怀疑。”

确实，如果只有宫坂的纸条，村桥也许不会去。但那天早些时候高原阳子已约好了见村桥，而且一样是五点。村桥见了纸条，大概误以为是阳子改变了见面地点。

惠子接着说：“所以，老实说，当惠美脸色煞白地回来时，我也是两腿发抖。她说已经没有退路。至于密室，和你的推理一样，没必要解释了。”

“氰化物溶液是怎么回事？”

惠子犹豫了一下：“惠美以前就有，是从一个开照相馆的朋友那儿拿的。你知道的吧，氰化物溶液被用来让照片显色。她今年春天拿了之后再没去过那家照相馆，觉得不会露出破绽。”

“今年春天？那时她为什么要氰化物溶液？”

“真不明白？”惠子懒洋洋地露齿一笑，“如果有什么毒药能轻易杀人，我也想要呢，因为不知道什么时候会用到，也没准是自己要用。”她又轻声自语：“我们就是这种年龄。”

那声音如冰水滴落，让我后背一阵发冷。

“知道是惠美找自己，村桥像是很吃惊，但因为惠美是好学生，他也就放下心来，毫不怀疑地喝了她递过来的果汁。”

原本以为约自己的是问题学生高原阳子，结果却是一年级的宫坂惠美——我能理解村桥松了口气的心情。

“就这样，第一步计划成功了，还有了个意外的发现，就是惠美从村桥的西装口袋取回纸条时偶然发现的一张照片，你猜是什么？一张拍立得照片，但能看清拍的是麻生老师，是她睡觉的模样，那样子真叫人难以启齿。我们马上明白了，村桥和她有亲密关系，这张照片是村桥背着她偷偷拍的。”

我恍然大悟。村桥用这张照片胁迫麻生恭子和自己保持关系。

“我觉得可以利用这一情况，因为第二步计划中只有一着险棋，那就是把酒瓶掉包。把魔术箱从社团活动室搬到教学楼后面时有其他队员看着，当然没法掉包，这样就只有在下午比赛期间动手了，但拿着那么大的酒瓶太惹眼，要是被人看见就全完了，所以我们决定让麻生老师替我们去做这危险的事。你知道恐吓信吧？体育节前一天，惠美她们班负责打扫教职员办公室，她乘机放进麻生老师的抽屉。我们就这样计划着杀死小丑，结果非常成功。虽没想到麻生老师那么快就被抓，但警察似乎认定凶手的目标是你，我们俩看来也没被怀疑，就这样结束。我以为惠美能步入幸福的人生，我也能放心毕业。”

惠子努力使自己冷静，说到这里，像是有什么东西涌上心头，一个转身，心神不定地搭上箭，想拉弓瞄准，肩膀却开始摇晃，似乎无法控制身体。

我把手搭在她颤抖的肩上，在她耳边问：“动机是什么？可以告诉我了吧。”

惠子深呼吸了几下，渐渐又恢复了刚才的冷静：“那天晚上，我和你在餐厅，对吧？当时惠美在房里睡觉，她说，好像有人往房里偷看，门开了一条缝，外面似乎有人。她慌忙去关门，看见村桥和竹井从走廊走过。”

“偷看……”我茫然地把手从她肩上拿开，“那就是……动机？”

“在你们看来，这也许没什么大不了，因为你们觉得现在的女生还有出卖身体的。但这完全是两码事。有一段时期我也想过去出卖身体，却绝对不愿在毫无戒备的情况下被人偷看，那就像有人穿着鞋闯进你心里一样。”

“但……也不至于非得杀人吧？”

“是吗？但如果被偷看时，惠美正在自慰呢？”

这话直刺我的神经，令我不禁反问：“什么……”

"惠美又羞又悔，想自杀。我不能责怪她，如果是我可能也会这么做。我进屋时，她全身是血，求我让她去死，说只要那两个老师活在世上，她就没勇气活下去……我没说什么安慰的话，说什么都苍白无力，只能抱着她的肩膀，哀求她不要死。我等着她停止哭泣，不管多久。她总算放弃了寻死的念头。"

我做梦也没想到那天晚上会发生这种事。第二天见到惠子，她不露声色，只字未提。

"可她的不幸并未就此结束，不，是刚开始。"惠子几乎是在压低声音叫喊，"第二学期开始后的一天，惠美给我打电话，她说：'现在氰化物就在我眼前，喝下去行吗？'我大吃一惊，问她为什么，她哭着说已经忍受不了了。你知道是什么让她无法忍受吗？是那两个老师看她的眼神。她说，他们看她的眼神和看其他学生的完全不同，那眼神分明是在回想她那天晚上不堪回首的样子。一想到在他们脑中自己是怎样地被玩弄和蹂躏，她简直要发疯。她说，这种心情就像每天都在被视线强暴。"

"视线强暴……"

"的确有这种强奸方式，所以我也理解她决意再次寻死的心情。事实上，当时在电话那头，惠美当真差点就要喝下毒药。于是我说，该死的人不是你，而是那两个人。这虽是为了阻止她自杀脱口而出的话，也有一半是认真的。她改变了主意，继而下定决心。"

可你怎么知道他们俩有没有在"视线强暴"？——我想这么说，但没说出口。反正惠美是这样认定的，对她们来说重要的是这个事实。

惠子拉弓，射出第五支箭，这是姿势最漂亮的一箭，画出一条平直的抛物线，正中靶心，碰到插在那儿的另一支箭，发出金属声。

"制订计划的人是我。我对惠美说，她来决定要不要实际行动，我能帮的只是在打开更衣室门之后收回顶门的幸运箭。她做得干净利落，通过整个事件，我觉得她长大了许多。"

这几个星期宫坂惠美确实变了，拿射箭时的表现来说，难怪她能达到那种境界。

"能问你两个问题吗？"

"请便。"

"第一个，体育节结束后开车撞我的也是你们吗？那真的是想置我于死地。"

惠子一时间好像没明白是怎么回事，过了一会儿忍不住笑出声来："我不知道，大概是惠美干的。她说过，小丑事件后至少要再假装袭击你一次。但用车撞可真够大胆的，是找谁开的车呢？"

她担心这样会露出马脚。

"最后一个问题，"我咽下一口唾液，严肃地说，"你们的动机我明白了，会努力去理解。可杀人时你们不害怕吗？看见别人中了自己设的圈套而死，难道毫无感觉？"

惠子歪头犹豫了一下，明确地答道："我也问过惠美害不害怕，她说，只要闭上眼，回想这十六年来开心快乐的事，然后再想想那次集训时发生的事，很奇怪，心里会涌上一种冷静的杀意。我能理解她，因为我们有拼了命也要保护的东西。"

她回过头来，脸上了无怯意，恢复了平时的开朗。

"没别的问题了吧？"

我有点丧气地伸伸腰，答道："没了。"

"是吗？那就不说了，你得说话算话，指导我练习，就剩一支箭了。"

说着，她慢慢举起弓，拉开。我转身走开。

"我没什么可以指导你们的。"正这么自语，耳边传来嗖的一声。她一定射中了靶心。但我没回头，她也没叫住我。

就这样了却一件事。

4

"喂，裕美子吗？是我……嗯，是喝了点酒。出了M车站……自己一个人，想一个人走走……警察？没有，路上把他甩了。现在？在H公园。对，就附近那个，从这里能看见公寓。嗯，再歇一会儿就回家……别担心，已经没事了……为什么？别问了，反正不用担心了。挂了……"

我撞开公用电话亭的门走到外面。冷风吹着滚烫的脸，我摇摇晃晃地来到附近的长椅，倒在上面。我头晕目眩，感到恶心，的确喝多了。

我躺在长椅上看着公园。非节假日的晚上这里不会有人，何况这是个只有个小喷泉的僻静公园。

实在喝得太多了。

我想把一切都忘掉，一杯接一杯往胃里倒酒。想忘掉的不光是这起事件，而是当了教师后发生的所有事。

“无聊！”我吐出两个字——这就是对自己生活的描述。

突然，一阵睡意袭来。我闭上眼，却头晕胸闷，真惨。

挣扎着站起来，没想到感觉舒服多了。踉踉跄跄地抬腿往前走，自嘲道：原来醉鬼是这么走路的。

看着公寓的方向走出公园，这时，小路上驶过一辆车，车灯亮得我睁不开眼睛，更糟的是胃里一阵翻滚。我打了个趔趄，抓住公园的栅栏。

那辆车停在我面前，车灯却没熄。正觉得奇怪，车门开了，下来一个男人。那人背对着车灯，看不见面孔，好像还戴着墨镜。他走了过来。我被莫名的恐惧包围了，扶着栅栏想往旁边挪。就在那一瞬间，他扑了过来。他比我高，块头很大。

他一下子击中我的腹部，我立刻感到一阵发烫，像麻痹了一样。我哼了一声，令人几乎无法呼吸的剧痛随即袭来。

那人从我身边逃开，手里握着一把刀。大概被刺了一刀——这么想着，我两腿一软，倒在路上。我按住伤口，手上滑溜溜的，闻到了刺鼻的血腥味。

“芹泽，快点！”

我在路边挣扎，忽听车里有个女人在叫。一听到那声音，内心的震撼让我忘记了剧痛。虽压低了嗓门，但那毫无疑问是裕美子的声音。

裕美子……为什么？

那人上了车，我听见关车门的声音，引擎声随即从柏油路面传来。车灯一晃，那辆车掉头往来路驶去。看着车尾我想起来了，是上次那辆丰田……

车子消失后，我还像虫子一样爬着。我想叫，却连吐气的力气都没有，手脚麻了，还因流出的血而滑了好几下。

断断续续地，意识模糊起来。趁着中间的片刻清醒，我作了番冷静的推理。

裕美子叫的是“芹泽”。我不太确定，但如果记忆没出错，裕美子所在超市的经理就姓芹泽。那人身材高大，不到四十岁……原来，裕美子和他……

上次被车袭击，是在我对裕美子说有人想杀我之后不久。对他们俩来说，这是杀我的最好时机，因为会令人误以为，凶手和做下前几次事件的是同一个人。原来，只有那一次和惠子她们没有丝毫关系。

一直以为有人要我的命，其实只是被利用而已——今天我才明白这一点，却是以这种方式，并且是被自己的妻子追杀，多么讽刺！

裕美子会杀我吗？痛苦中我思索着这个问题。回答是：也许会。

我没有给过她任何东西，不光如此，还一直都在从她身上索取——自由、快乐，还有孩子，简直数不胜数。如果身边出现一个男人，能给她想要的东西，她当然会视我为障碍。

意识好像被什么东西吸走，在一点点消失。

但我不能死，死在这里也留不下什么，只会让裕美子成为杀人犯。

我倒在柏油路上，专心等待着有人路过。我还能等。

看来，这次放学后的休息时间会很长了。我心里这么想着。

图书在版编目(CIP)数据

放学后/〔日〕东野圭吾著；赵峻译．—2版．—海口：南海出版公司，2013.9
（东野圭吾作品）
ISBN 978-7-5442-6622-2

Ⅰ．①放… Ⅱ．①东…②赵… Ⅲ．①长篇小说—日本—现代 Ⅳ．①I313.45

中国版本图书馆CIP数据核字(2013)第153218号

著作权合同登记号 图字：30-2008-188

放学后

〔日〕东野圭吾 著

赵峻 译

出　版 南海出版公司 (0898)66568511
海口市海秀中路51号星华大厦五楼 邮编 570206
发　行 新经典发行有限公司
电话(010)68423599 邮箱 editor@readinglife.com
经　销 新华书店

责任编辑 张　锐
特邀编辑 张　苓
装帧设计 金　山
内文制作 田晓波

印　刷 北京天宇万达印刷有限公司
开　本 890毫米×1270毫米 1/32
印　张 7.25
字　数 166千
版　次 2010年1月第1版 2013年9月第2版
印　次 2015年5月第26次印刷
书　号 ISBN 978-7-5442-6622-2
定　价 28.00元